JN301196

生命《いのち》しているか

伊規須 美春
絵 長谷川集平

石風社

生命《いのち》しているか＊目次

一　序章

おだやかな波と静かな海辺で、犬と散歩している人の笑い声が空にひびく四月。

天草《あまくさ》の漁師町の網《あみ》ほし場でお年寄りが三人腰に手をあて、暗い顔で話していた。

「とうとう、かなえちゃんも、おヨネばあさんが老人施設にはいるので、家を出て行くことになったか」

まっ黒にひやけした漁師が、

「若い者がひとり、島から出て行くか」

と淋《さび》しい声でお年寄りに声をかけ、急ぎ足で漁船に乗りこんだ。

かなえが天草の島を出て行く三日前の昼。

「おいしいものでも食べに行くか」

おヨネばあちゃんは孫のかなえを明るい調子でさそった。

かなえはおヨネばあちゃんと二人で外に食べに行くのは最後だと思うとよろこべず、胸がつまって、返事が出てこなかった。

船つき場の横にあるひかり食堂の二階にあがると、天草《あまくさ》の海が見える窓側にすわった。

目の前におだやかな波が広がっていた。

「かなえ、自分の好きなものをなんでもお食べ」

やさしい声で言うと、曲がった腰をゆらして、お茶をくみに立ったおヨネばあちゃんのうしろ姿を見て、

「ばあちゃんがなんだか小さくなったな」

かなえは曲がったおヨネばあちゃんの背中を真剣な目で追った。

「天ぷらそば」

かなえは暗くなる気持ちをふきとばすため、ひかり食堂のおばちゃんに大きな声で注文した。

おヨネばあちゃんは「生命《いのち》しているか」とひかり食堂のおばちゃんに声をかけて、

「私も天ぷらそば」

目を細くしておヨネばあちゃんはうれしそうに自分もかなえと同じものを注文した。

天ぷらそばがくるのをまちながら、おヨネばあちゃんがお茶を運んでくると、かなえは窓の外へ目をうつし、天草《あまくさ》の海を見た。

海を見ている間、何かおヨネばあちゃんに言わなければと焦《あせ》ったが言葉が出てこなかった。

二人の間に長い沈黙《ちんもく》が続いた。

生まれ育った天草《あまくさ》の海はいつものように、タコ釣《つ》り船の白い帆《ほ》がゆっくりと動いていた。

「かなえがいてくれたから、ばあちゃんはここまでやってこれたのさ」

とつぶやくようにおヨネばあちゃんが言った。そして、天ぷらそばのしるをゆっくりと吸った。

「かなえ、かなえの母ちゃんはかなえの面倒《めんどう》を見ることができなかったので、家を出て行ってもらったんだ」

おヨネばあちゃんが、初めてかなえの母親の事を苦しそうな表情で話しだした。

かなえは、「なぜ」と聞きたかったけれど、口に出して言うことができず、自分の手をいじって下を向いた。

しばらく沈黙《ちんもく》が続いたあと、白髪《しらが》が顔にかかるのを手でかきあげるとおヨネばあちゃんは、「かなえ、生命《いのち》しているか」とばあちゃんの口ぐせを言った。

「うん、生命《いのち》しているよ」とかなえは力強い声で言った。

するとおヨネばあちゃんは、

「これであたいの仕事は終わりだ」

と、がっくり肩を落として、椅子《いす》にすわったまま、ひざの上に祈《いの》るように手を置いた。そして、目だけはまっすぐにかなえをみつめた。おヨネばあちゃんの訴《うった》えるような目に、かなえはじんわりと目頭《めがしら》が熱くなってきた。でも、絶対に泣くまいとかなえはぐっと奥歯をかんだ。

二　転校

天草《あまくさ》で、おヨネばあちゃんとお別れの天ぷらそばを食べた日から三日後、かなえは山口県の下関《しものせき》の緑川町にひっこした。

かなえの父親津田武は九年前に、自分の母親に三歳のかなえをあずけて、板前《いたまえ》の修業のため単身《たんしん》で下関《しものせき》にやってきたのであった。

久しぶりに会った父親は、無口でブスッとあいそがなく、大きな目だけをクルクルとよく動かした。

タバコのけむりをさかんにはいて、貧乏ゆすりしている武のイライラした気持ちがかなえにも感じられた。

「あたい、父ちゃんといっしょに生活できるのだろうか」

かなえの不安は大きくふくらんだ。

武はかなえと目があうと、かなえの目の前で長い足をぶるぶるふるわせ貧乏ゆすりをした。むりに作り笑いをしている色黒の武の顔が悲しそうに下を向いた。

「父親も自分と同じに不安なんだ」

かなえは、心がますます重くなってきた。そして、下を向いてかなえの顔を見ない武に、

「あたいには帰るところがない」と思うと淋《さび》しくて泣きたい気持ちであった。

武が何を話しかけても答えず、かなえは下を向いて、髪《かみ》の毛をいじり、泣きたいのをがまんした。武が近くに寄ってくるとタバコのにおいがした。「父さんのにおいだ」。忘れていたことが少しずつ思いだされた。武はタバコで黄色くなった歯を出して、作り笑いをした。

「学校いくぞ」

武は体になじまないネクタイを気にして、何度も何度もネクタイに手をやって、自分を一度も見ようとしないかなえにイライラした。そして、かなえの方へ目をやると、また、やさしい作り笑いをして、かなえの気持ちを明るくさせようと気をつかった。二人は、アパートの横の赤い橋を渡り、あやめ公園を通りぬけて、由良川に出た。

由良川の水はすきとおって、川の水があふれるように流れていた。

川の真ん中で緑色の葉を青々と茂らせたセリの花がまっ白く咲いていた。

セリの青々とした色をみて、かなえの気持ちはまだ重かったが植物が生きている姿を見つけると、思わず、

「生命《いのち》しているな」

と、つぶやいた。

「あたいも生命《いのち》しているよ」

とセリの葉の生えている川の方へ目をやって、心の中で言った。

由良川の土手から吹いてくる冷たい風が、かなえの心ぼそさを少しやわらげた。

赤くて丸い橋を渡るとかなえが転校する緑川小学校が見えた。

校門のわきには大きないちょうの木があり、青々と葉を茂らせていた。

「生命《いのち》しているな」

かなえは自分だけにわかる言葉をかみしめて思わずいちょうの木に手を合わせつぶやいた。

「生命《いのち》しているな」とつぶやくと別れた天草《あまくさ》のおヨネばあちゃんに近くなったみたいだ。

かなえは自分がおヨネばあちゃんと同じように無意識《むいしき》に手を合わせて、つぶやいているのに気づき、なんとなくうれしくなった。

武は緊張《きんちょう》のためかまゆ毛にしわを寄せている。そしてすこしでも落ち着こうとするかのように、校門の前に落ちているビールの空き缶《かん》をひろうと、ゴミかごに缶《かん》を投げ込んだ。カーンと空き缶《かん》が落ちる音がひびいた。

「かなえ、父ちゃんと二人でがんばろうな」

真剣な目で、初めてまっすぐにかなえを見て武が言った。

初めて、父親から目をそらさないで声をかけられたかなえは胸がドキドキして、答えなければとあせった。しかし、言葉が出てこなく、ただ首をコックンとするのがやっとだった。


緑川小学校に着くとかなえの父親は廊下《ろうか》ですれ違う先生にペコペコと頭を下げた。先ほどまでのブスッとふくれた顔からは想像もできないくらいの愛想《あいそ》笑いをうかべて、武は体を折りまげて、何度も何度も頭を下げた。

「とうちゃんはあたいのために頭を下げつづけているんだ」と思うとかなえは職員室前の廊下《ろうか》で待っている時間が長く感じられた。

「津田かなえちゃんね」

おかっぱ頭に、にきびのあとがいっぱい残る若い女の先生が廊下《ろうか》に出てきて声をかけた。

「かなえちゃんの担任になった竹田由起です。よろしくね」

竹田先生はかなえの目をのぞきこんで、

「がんばろうね」

にっこり笑いながら、ふっくらした白い手をさしだした。

顔をまっ赤にしてかなえはおずおずと手をさしだした。

大人の人にやさしく手をにぎられた経験のないかなえは、ふんわりとやわらかい竹田先生の手に包まれて、ほっとすると共に胸の奥からこみあげてくるあたたかいものを感じた。

かなえは竹田先生ににぎられた方の手をそうっとポケットの中に入れた。幸福な気分がふと逃げてしまいそうに思えたからである。

職員室の出入り口近くに立って、かなえは、ポケットに入れた手のあたたかさを感じながら、ポケットの中でしっかりとにぎりこぶしにした。

ポケットに手を入れたままのかなえを見て、

「ポケットに入れた手を出しなさい」

と、ピンクのふちどりのあるメガネをかけたおばさんみたいな年の女の先生が職員室から出てきて、厳《きび》しい目でかなえに言った。

ポケットからしかたなく手を出したかなえは、にぎりこぶしに力をいれて、うつ向いた顔からひたいにしわを寄せて、目だけをきいっと動かしておばさん先生をにらんだ。

おばさん先生はピンクのメガネのふちをあげて、しっかりとにぎっているかなえの手の方に目をやると、

「ポケットに手を入れない」

と命令口調《くちょう》で注意した。ピンクのメガネの下からキラリとひかる目が、かなえをにらんだ。

職員室から出てきて、気まずいふんいきになっているのを気にして竹田先生が、

「出羽先生、すみません。今日転校してきたばかりで、この子、緊張《きんちょう》しているのです」

とあわてて説明した。

武もあわてて、おばさん先生に、「よろしくおねがいします」と頭を下げた。

職員室前の廊下《ろうか》で、気まずいふんいきになったのを気にして、竹田先生は出羽先生にやさしい態度で話しだした。かなえはにぎりこぶしに力をいれて、ぼうぜんとしていた。

武は竹田先生に、「かなえのことをよろしくお願いします」と何度も頭を下げて、自分の職場にもどっていった。

竹田先生の後から六年二組の教室に入ったかなえは、キョロ、キョロと思わず教室の中を見まわした。天草《あまくさ》とは教室の広さも生徒の数もまるでちがっていた。

教室に入ると、子ども達の視線が、かなえに集まった。

「みなさん、顔をこちらへ向けて、手をやすめて下さい」

竹田先生が声をかけると、子ども達の目がいっせいに黒板に集中した。

広くて長い黒板に竹田先生が大きく「津田かなえさん」と書いた。

かなえは恥《は》ずかしいのとうれしいのとで複雑《ふくざつ》な気持ちになった。

運動場側の窓ぎわにすわっている髪《かみ》の毛の長い女の子が、かなえを下から見あげた。そして、かなえと目があうと、プイと横を向いた。

かなえは緊張《きんちょう》して、おしっこをもらしそうになった。

かなえは不安になると、おしっこをもらすクセがあった。

「なんで、あの子はあたいを嫌《きら》っているのだろうか」

にらまれる理由がわからず、かなえは大きなショックをうけた。

黒板の前で、泣きたいのをがまんして、「だいじょうぶ、だいじょうぶ」と自分をはげましていたが、足はブルブルとふるえているのがわかった。

三　レッテル

かなえが緑川小学校に天草《あまくさ》から転校してきてから一ヶ月近くがすぎた。

かなえのうすいブラウスは、曇った日には寒く感じられた。

かなえは、

「しかたない。明日はTシャツの重ね着にしよう」

と少ない衣服を頭の中であれこれと考えた。

竹田先生が職員室へ行くと、出羽先生が、

「竹田先生、あなたのクラスに転校してきた津田かなえ、あの子、ちょっと変わっていませんか？」

あつぼったい口びるをとがらせ、かん高い声でたずねた。

竹田先生は突然切りだされた出羽先生の言葉に驚《おどろ》いて、

「いいえ、あの子は他の子と同じで何も変わっていませんよ」

鼻を少しふくらませ、竹田先生はムッとした表情で否定した。

「いや、あの子は何か問題を持った子どもですよ」

いつものようにピンクのメガネのふちを人差し指で押しあげながら、出羽先生は細い目をさらにきつくして竹田先生をじっと見た。

「あの子の服は洗濯《せんたく》していないし、近くに寄るとくさくてたまらないのよ」

とかなえの服に不満を持っていることを出羽先生は隣《となり》の女先生に大きな声で話していた。

「うん。くさい。くさい」

とその女先生はあいづちをうった。

出羽先生の表情は、満足気な表情でさらに強い口調《くちょう》で、

「あの子、服装はちぐはぐでとにかくおかしな子ですよ」

出羽先生は弱い子に対して、いつもそっけない態度であった。

「これからちゃんと洗濯《せんたく》するように気をつけさせます」

とできるだけ出羽先生にさからわないようにして、竹田先生は職員室を出た。

出羽先生はジョーゼットのスカートのすそをひるがえして、

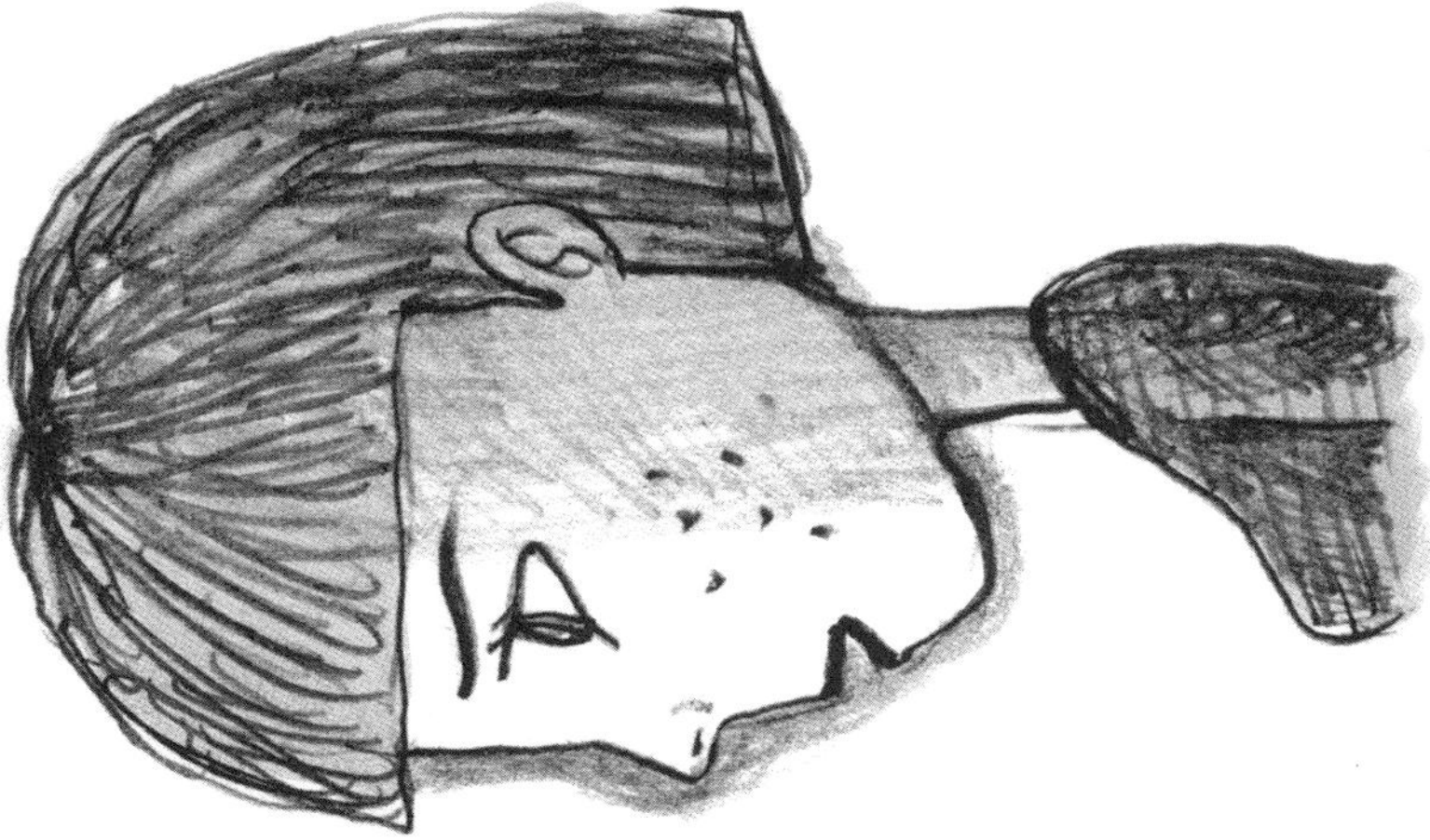

「うちのクラスの中居かずお。あの子はわがままで性格が暗いのよおー。あの子うちのクラスにはいらんのよ」

と教室に行く女先生達に言った。

子どもたちにレッテルをはる出羽先生の態度はいきいきとしていた。

出羽先生が勝ちほこった顔でピンクのふちのメガネを親指と人差し指で上にあげるのを見て、竹田先生は悲しくなった。

ちょうどその時、四時限目のはじまりのチャイムが鳴った。

出羽先生はあつぼったい口びるをさらに大きくあけて、

「さあ、みんなお仕事、お仕事」

と声をかけると女王さまのように職員室を出て行った。


出羽先生の取りまき連中が出て行った後、竹田先生は自分の机から立ちあがろうとせず、

「わがままで性格が暗いからかずおは自分のクラスにいらない？　なに言っているのよ。かずおは物ではないいんだからね、人間だからね」

かずおには十分暗くなる家庭環境があるのを知っている竹田先生は、

「レッテルはりはよくないわ」

思わず胸のつかえを口に出した。そして、あわててあたりを見ると、口をおさえた。

「いや、いや、す、すごいですなあ。女性軍のパワーは」

ばつの悪い顔で、体育の三宅先生が更衣室《こういしつ》から出てきた。

色黒の顔に、こいひげそり後の青い三宅先生が、

「出羽先生のパワーには圧倒《あっとう》されっぱなしですよ」

赤くなった竹田先生に向かって言った。

「小学校は女の園で、男は手も足も出ませんよ」

じょうだんとも本音ともつかない言葉をつぶやくと職員室を出て行った。

横一列に並ばなければ、はみだし者のレッテルをつけられるのは子どもも教師も同じなのであった。

「なにかがおかしい」

竹田先生は沈んだ気持ちになった。四時限目の体育の授業をするために渡り廊下《ろうか》をとおり体育館へと向かった。

渡り廊下《ろうか》の横にある五年生の教室から視線を感じふと見あげると、授業をしながら出羽先生がチラッと見ているのに気づいた。

重たい心をふっきるように、「さあ、笑って、笑って」と顔をあげて、竹田先生は力

いっぱい笑顔を作った。

　すると、竹田先生は自然と自分の中に力がわいてきた。

　体育館から子ども達の騒《さわ》いでいる声が聞こえてきた。

　騒《さわ》いでいる子ども達の声で竹田先生は、自然とかけ足になった。

「とにかく先のことは考えまい。流れにまかせよう」と決心すると竹田先生はいつものとおり、おだやかな気持ちになった。

　緑川小学校で出羽先生がいない時に、「がんばろうよ」と声をかけてくれる先生がいることだけでも、竹田先生にとって、はげみになるのであった。

四　いじめ

体育館と教室との渡り廊下《ろうか》をすぎた頃から、子ども達の騒《さわ》いでいる声がだんだん大きくなってきた。

「おしっこもらしたんだろう」

バスケット部のキャプテンをしている小野たかしが、大きな体を右に左にふりバスケットボールをつきながら上からかなえを見おろした。そして、

「ふけよ」

と冷たくかなえに命令した。

体育館の床《ゆか》に座りこんだかなえはくやしくて、両うでを丸くして、ひざの上に置いて顔をかくした。

「あんた、くさいじゃん」

転校してきた日に鋭《するど》い目でにらんでいた篠田《しのだ》まさ子が長い髪《かみ》をかきあげ、ツンと上を向いた高い鼻をつまんだ。そして、かなえの動きを見ていたまさ子は何の反応もしめさないかなえにいらだって、上ぐつでけった。

太ったかなえの体が少しだけ前にゆれた。

かなえはけられても顔をあげず、ひざの上にじっと顔をうずめていた。

まさ子のあわてた表情が変わり、目をきつくすると、かなえの背中をおもいっきりけった。

ドーンとけった音がいやな感じに聞こえた。けったあと、色の白いまさ子の顔が赤く熱をおびた。ととのったまさ子の顔が恐《こわ》い顔になると、まさ子はかなえの耳に口を近づけて、かん高い声で、

「くさいじゃん」

と叫《さけ》んだ。

かなえは何をされてもひざの上に手をのせて、おヨネばあちゃんの口ぐせである「生命《いのち》しているか」を心の中でとなえた。

今はこの言葉がなんとかかなえを支えているのだった。が、ふたたびまさ子が走って加速をつけてかなえをけった。とうとうがまんができなくなって、体全体をふるわせながら、

かなえはしぼりだすような声で、

「あなたはロボットよ。心のないロボットだよ」

かなえはひざから顔をあげると、目をつりあげ声をふるわせて必死の思いでまさ子にたちむかった。

そうしているうちに六年二組の子ども達が二人のまわりに寄ってきた。

まさ子はかなえが向かってくるとは思わなかったので目を大きくあけたまま、顔をゆがめ、

「おしっこかぶり」

と床《ゆか》にながれたおしっこを指さして、騒《さわ》ぎたてた。

クラス全体の子ども達がまさ子のあとから、

「赤ちゃん、赤ちゃんだ」

と言った。

そのうちそれまで後の方でみていた六年二組のリーダー格のみち子が出てきて、みんなを従え、ばかにしたような顔で、

「おしっこかぶり」

とはやしたてた。

みち子のはやす声で、いまやクラスのみんながかなえをターゲットにしていた。

かなえは口びるをかむと立ち上がって、

「でものはれもの。しかたない。しかたない」

とリズムをつけて歌いだした。

歌は天草《あまくさ》のおヨネばあちゃんが、かなえのもらしたおしっこのついた布団《ふとん》をほす時に歌う歌であった。

かなえの声はふるえていたが、高くすんだいい声だった。

いったん歌いだすと、小さかった声が、だんだん大きくなり、体育館にひびきわたった。

その声は聞くものをハッとさせる力を持っていた。

かなえのすんだ声は、体育館の中にあるバスケット部の部室にいた三宅先生の耳に聞こえた。

「何ごとだ？」

と三宅先生が顔をあげたちょうどその時、まさ子が、かなえをけりあげていた。

「なにやってんだ」

三宅先生の太い声があたりにひびいた。

部室を飛び出してくる三宅先生に気づくと子ども達はかなえからサーッとはなれた。

それでもかなえは歌をやめない。
　しかたない
　しかたない
顔を上にあげて、必死に歌っているかなえの姿に三宅先生は胸が熱くなるのを感じた。
色のあせたTシャツの肩の破れが目立つかなえだが、逆境《ぎゃっきょう》にもめげず、はげしいほどの勇気をふるいおこし歌っているかなえに、三宅先生は腹の底からわいてくる怒《いか》りを感じた。
「いったい、出羽先生はかなえの何が気にいらないのだろうか」
一生懸命《いっしょうけんめい》に生きているかなえの姿は、三宅先生の心を動かした。
「もういい。もういい。」
三宅先生がかなえの肩をやさしくたたいても、かなえは恐《こわ》い顔と鋭《するど》い目で、
　　でものはれもの
　しかたない
　しかたない
声をはりあげて歌いつづけた。
三宅先生は、遠くの方へ目をやって歌っているかなえの歌を止めることができず、ただ、

かなえの頭をなでるだけであった。

みち子は、三宅先生の視線がかなえにあたたかくなるのを感じて、唇《くちびる》をつきだして、

「三宅先生、かなえちゃんおしっこしてるんだよ。おしっこよ。六年生にもなって」

と勝ちほこったように床《ゆか》にしみているおしっこのあとを指さして言った。

みち子は上ぐつでおしっこをなぞって、ギラギラしたいじわるな目で、三宅先生の反応を確かめた。

「浅井、やめなさい。自分がみんなの前で言われたらどんな気持ちになるか考えてみろ」

みち子をにらみつけるように見て、注意した三宅先生の目は悲しげだった。

みち子はふてくされた顔で、注意している三宅先生を無視して、おしっこを足でなぞった。三宅先生はみち子がおしっこをなぞっている姿に腹が立った。

六年二組の生徒を集めて、三宅先生は、

「人が失敗したり、困《こま》っているのをよろこんでからかうのは、人間として、いけないことだ。さあ、みんな教室へもどれ」

と、こうふんして言うことをきかなくなった子ども達に首にかけていた笛をならした。

こうふんした子ども達はピリピリと神経をたてて、三宅先生をにらみつけた。

「教室へもどりなさい」

と連続して笛を吹いて、三宅先生は子ども達を体育館から出した。体育館に緊張《きんちょう》した空気がながれた。みち子は聞こえないふりをして、四角いあごをつきだして、ふてくされていた。

「浅井と篠田《しのだ》は残っておけ」

と三宅先生はきつい口調で言った。

みち子は四角いアゴをつきだすと、細い目で、三宅先生をにらみ、

「はあ〜い」

と、返事をちゃかした。ちょうどその時、体育館にはいってきた竹田先生が、

「浅井さん、ふざけないで！」

と注意した。

それでもみち子はまるで聞こえなかったように竹田先生を無視した。

ほかの子ども達もそうだった。パニックになった子ども達を見て、「何がこの子達をこんなに変えてしまったのだろうか」と、困《こま》った顔で竹田先生は子ども達の行動を黙って見ることにした。みち子は竹田先生に見られている事に気づくと、顔をプイッと横にそむけた。

困《こま》りきった表情で三宅先生は途中《とちゅう》から見たままをてみじかに竹田先生に伝えた。そして、

ひたいに深いしわを作って、「困《こま》ったことだ」とうで組みをした。

「ちょっと、今日の子ども達はひどすぎますね」

と三宅先生は竹田先生に報告すると、

「浅井と篠田《しのだ》こっちにこい」

手で合図して二人を呼んだ。

浅井みち子は小さな体をしゃんと伸ばして、うでを組んで三宅先生の前に立った。

「浅井、そんなに人が失敗するのがおもしろいか」

再びみち子の顔をじっと見て、三宅先生がにらんだ。

「うでを組むのはやめな」

三宅先生はムッとした表情で言った。

「私だけじゃないわ」

とすばやくみち子が上目づかいに三宅先生を見て、ヒステリックな表情で、細い目をさらに小さくして、フンと横を向いた。

「浅井さん、うでを組むのをやめてちゃあんと聞きなさい」

と竹田先生がもう一度みち子に注意した。

「私がなんでおこられなきゃなんないのよオ」

みち子はいらだった声でぶつぶつ文句を言った。

「困《こま》った問題ですよ。子ども達はかなえちゃんをいじめの的にしていますよ」

三宅先生は苦しそうな顔をしてため息をもらしていた。


竹田先生は、体育館の床《ゆか》にじっと動かないで、ひざの上に顔をかくしているかなえの前に来ると、床《ゆか》の上にすわった。三宅先生が竹田先生に、

「竹田先生、かなえちゃんの歌の上手《うま》いのにはおどろかされました」

「エッ、かなえちゃんが歌を……」

「知らなかった。かなえちゃんが歌うなんて、今の今まで」

「かなえちゃんの歌には聞く者をすいこむすごい力があるのです」

三宅先生はかなえの別の面を知らされたことを竹田先生に話した。

三宅先生からかなえのいい面を聞かされて竹田先生は、ほっとする思いであった。

みち子は、かなえをほめていることについての意見を求めるかのように、すぐにふりかえってまさ子の顔を見た。

竹田先生はまさ子を見て、

「まさ子さん、あなたはなぜけったりしたの」

「かなえさんの態度がいやなんです。自分だけがいじめられているというひがい者づらがいやなんですよ」

「だからといって、かなえちゃんがあなたになにかしましたか？」

まさ子は首を横にふって、ブスッとした顔で下を向いた。

「かなえちゃんは言っても言っても聞かないし、みんなと遊ばないのです」

足を開いてそっぽを向いていたみち子が、横から口をとんがらせて、竹田先生に言った。

「かなえさんは言われたことはちゃんとやっているじゃないですか。遊びの時間ぐらい自由にやらせていいのじゃないかな」

顔色を変えて、みち子は白い目をむきだして、竹田先生をにらんだ。

「みち子さんが一緒に遊ぼうと気をつかっているのはいいことよ。でもね、遊ばないからと言って、色々いじわるすることはいけないことよ」

「かなえちゃんは休み時間ぐらいは自由になりたいのよ。仲よしは、いつも一緒になってやることだけではないのよ」

とみち子に説明した。

五　生まれてきたくなかった

広い体育館のまん中で、ひざをかかえるようにして顔をかくしているかなえが、

　でものはれもの
　しかたない
　しかたない

ときれいな声で小さく歌っているのが聞こえた。

かなえの体の中からふきあげてくるその声は聞いている者の心の中にじんわりとしみこんできた。

他の子ども達をかなえから引きはなした安ど感がでて、思わず竹田先生はほっとして、

「かなえちゃんは歌がじょうずだね」

竹田先生は三宅先生のほめていたことをかなえに伝え、自分もかなえの歌にひきこまれ

ているのだった。

「この子は不思議《ふしぎ》な魅力《みりょく》を持った子どもだな」と、竹田先生はかなえの新しい一面を見たようであった。

「かなえちゃん、かなえちゃんが誰に何と言われようと、先生はかなえちゃんの味方だからね」

かなえは竹田先生の言葉をきいて、今までの緊張《きんちょう》がどおっとくずれて、

「こんなやさしい言葉、あたいは、初めてだよ」

かなえは口もとをほころばせて、竹田先生の顔を見た。

「竹田先生、あたいは緊張《きんちょう》してくると、小さい時からおしっこをもらしてたんだ」

かなえは初めておしっこについてぽつぽつと話しはじめた。原因が少しずつときあかされてきた。おしっこをもらすのはかなえの心の奥の不安がさせるのであった。

「竹田先生、あたいは何も変わらないよ。ただ、みんなのあたいを見る目が変わったんだ」

くやしい気持ちがこみあげてきたのか息づかいもはげしくなって、かなえはこうふんして、

「あたいはあたいなんだ。おしっこするのは駄目《だめ》だよ。でも、あたいなんだ」

真剣な表情で少しずつ胸のつかえをしゃべりだしたかなえの言葉はずっしりと重く竹田先生の心にひびいた。今まで自分をアピールすることもなかったかなえが初めて自分の存在を出してきた。竹田先生は、おしっこでしか自分の存在を確かめられなかったかなえが悲しく思えた。

かなえが顔をあげると、かなえの目からスーッとながれるものが見えた。

「竹田先生、あたいは何で生まれてきたのだろう。生まれてこなければよかったのに」

遠くの方を見て、低い声で力なくつぶやいたかなえの言葉が竹田先生の心にひびいた。

「かなえちゃん、神様はあなたがこの世に生まれてくる必要があるからこの世にかなえちゃんを送り出したのよ」

竹田先生の言葉にかなえの顔が少し明るさを取りもどした。

「かなえちゃん、ずっと先生もついているわ。だから強くなろうね」

竹田先生はかなえと自分に向かって、言いきかせるように力強く言った。

かなえは今までずっと、「生まれてこなければよかった」と自分が生きていることがいやであったが、竹田先生の言葉に、「こんなにあたたかい心の人がいるんだな」と思うと、心の中が軽くなった。

「教室へもどります」

とかなえが言うと竹田先生は、

「かなえちゃん、教室にもどる前に保健室に行って、ぬれたものを着がえましょうね」

とかなえをつれて保健室へ行った。

かなえは保健室にあった別のきれいな洋服に着がえたが、保健室から出て行こうとしなかった。

「教室へ行きたくないの、かなえちゃん」

と竹田先生がたずねると、かなえがつめをかんで小さくうなずいた。

「強くなろうよ。かなえちゃん」

と竹田先生は保健室のベッドの上でひざをかかえて顔をかくしているかなえの耳の近くで言った。

竹田先生はしばらく黙ったまま、かなえが立ち上がるのを待った。

顔をあげると、

「あたい、やっぱりあの服がいいんだ。こんな新しい服着れないよ」

はっきりと自分の主張をしたかなえに竹田先生は驚《おどろ》かされた。

竹田先生が、「おしっこでぬれた服を着ているとかぜをひくし、みんなにまた言われるよ」と説明すると、かなえは、教室へもどることを決めたのか「竹田先生行こう」と立ち上がって廊下《ろうか》へ出た。

六　心のやまい

二人が六年二組の教室へもどると、かなえの近所に住んでいる青田茂子が、黒板の前に、休めの形に足を開き、両手を腰にあてて、おこった顔で、

「なんで、みんなはかなえちゃんをいじめるの？」

と叫びながら、手に力をいれてこぶしをつくり、ほほをふるわせていた。

いつも教室の中で、静かに本を読んで、ニコニコと笑っている茂子とは別人に思えた。

茂子はかなえのアパートの近所に住んでいて、かなえが父親と二人の生活で、買物したり、洗濯《せんたく》したりしているのを知っていた。

茂子の母親もかなえに手づくりのおかずなどを持っていってやったりしていた。

茂子は、かなえをかばうとみち子やまさ子のいじめが、自分に向かってくるのが恐《こわ》くて、今まで自分も学校でかなえをかばうことのできなかったことをあやまった。そして、いつ

も茂子の心の中でモヤモヤとしていることをクラスの全員に言った。

「なんで、みんなは汚《きたな》いとかくさいとか言って、おそうじの時、かなえちゃんの机をふかなかったり、運んだりしないの」

するとヽ窓側の席にすわっているまさ子がスーッと立って、

「かなえさんが、自分ひとりだけが苦しんでいると思っているのが気にくわないのさ」

冷たい口調で言った。

「かなえちゃんのいいところを見てあげればいいでしょうが……」

茂子はふくれ顔で最後の「が」に力を入れた。

「あたしもかなえちゃんを学校ではかばいきれなかった。でもそれは、まちがっているときづいたの。かなえちゃんは一生懸命《いっしょうけんめい》に生きているんだもの」

まさ子は茂子の力強い態度に、目を伏せ顔をそむけた。

「みんなは、ひきょうだよ。かなえちゃんだけにしかわからないいじわるや言葉で、かなえちゃんを傷つけて、いじめかたが汚《きたな》いよ」

といつもは、おだやかな茂子が目をきつく、顔の表情も険《けわ》しくして言った。

茂子の説得《せっとく》で、六年二組の子ども達は急に落ち着かなくなって、横の子やまわりの子と騒《さわ》ぎだした。

「おしゃべりはやめなさい」

教室の後ろの方で、茂子がかなえの弁護《べんご》をしているのや、まさ子が自分の意見を言っているのを黙って聞いていた竹田先生は、子ども達が騒《さわ》ぎだしたので黒板の前へ出て、子ども達の騒《さわ》いでいるのを静めた。そして、茂子の肩をやさしくたたくと席にもどらせた。

竹田先生は、子ども達に目をつむるように言った。

全員、しゃべるのをやめて目をとじると、教室の中が静かになった。

しばらく時間をおいて、竹田先生は子ども達に目をあけさせ、茂子の勇気のある言葉や行動をほめた。

そして、茂子が言っていたかなえちゃんだけにしかわからないいじわるについて、席の順番に子ども達から聞き出した。

授業をやめて、クラス全員で目に見えないいじわるをさぐりだしていくと、竹田先生は自分の目に写らなかった子ども達の見えなかった部分が少しずつ見えてきた。

「これから、私は何をやらなければいけないのだろうか」

と竹田先生は問題の深さに頭の中で整理がつかず、自分の心をしずめようと目をつむった。

集団心理でヒステリックになっていく中で、ひとりでもいじめにストップをかけてくれる子がいたことに、竹田先生は、ひとすじの光を見た思いであった。そして、ほっとして職員室に行った。

あいかわらず出羽先生がソファーにすわって、

「やっぱり片親の子は駄目《だめ》だね」

集まっていた女先生達相手にレッテルはりをしていた。女先生達は竹田先生が入ってきたことを目で合図をした。

「かなえは病気ですよ。あの年になって、おしっこをもらすなんておかしいですよ」

出羽先生の声はいちだんと大きくなった。

必ず何人かでかたまって行動する出羽先生を、竹田先生は以前から不思議《ふしぎ》に思っていた。

出羽先生は、女先生達にかこまれ真ん中にいると上きげんであった。女先生達が少しでも離れると、出羽先生は目をつりあげて職員室中をウロウロして、竹田先生に他の先生達が話しかけないように監視《かんし》した。

出羽先生はピンクのメガネの下の眼をきつくして、

「竹田先生、あの子にせいけつにしてくるように指導してください」

ときつい言葉で注意した。

「わかりました。衣服の洗濯《せんたく》は父親にも言っておきます。でも、出羽先生、かなえは一生懸命《いっしょうけんめい》に生きている子ですから、そこのところも見てあげてください」

最後まであきらめずに、かなえのいいところをねばり強く、竹田先生は訴《うった》えた。

出羽先生は親指と人差し指でわざとらしくピンクのふちのメガネをゆっくりとあげて、目を大きく開いて竹田先生をじっと見た。その時、授業はじめのチャイムが鳴った。

授業が始まって、全職員が職員室を出て行った後、竹田先生は理科の授業のための準備に取りかかった。

「とにかく、自分の学校と向きあって、逃げまい。これからかなえが一生懸命《いっしょうけんめい》に生きてる姿を子ども達に伝えていこう」

と竹田先生は決心した。

気持ちの中で整理をつけて、理科室に向かって歩いて行くと、渡り廊下《ろうか》で三宅先生がおだやかな顔で、

「かなえは病気ではなく、あの子は愛情をもらえば、きっといい子に育ちますよ。竹田先生あせらずにがんばってください」

と声をかけてくれた。

七　社会のゴミ

かなえのおしっこ事件から二日目。

竹田先生が職員室の戸を開けると、

「わがままだからね」

「がんこだからね」

レッテルはりの出羽先生が、高い声で竹田先生に聞こえるようにしゃべっていた。緑川小学校の先生達の間にも少しずつ竹田先生に対する変化があらわれていた。

出羽先生の落ち着かない目が右に左にとしつこいように竹田先生を追った。

出羽先生のおかしな行動に「また、仕事のできないように、なにかいじわるをするのだな」と竹田先生は直観的《ちょっかんてき》に感じた。

「どこかがおかしい」

はけ口をまちがえて弱いところに集中させている出羽先生に、竹田先生は「出羽先生もぎせい者かもしれない」と悲しくなった。

出羽先生が女先生達に近づくと、女先生達は態度がおかしくなってきた。

女先生達は竹田先生に近づくことをやめて、あわてて竹田先生から離れた。

子ども達は女先生達の動きを敏感《びんかん》に感じ、緑川小学校で全職員にはずされ弱い立場に立たされている竹田先生に対して、子ども達のいじわるが始まった。

学校の中のいじめの構造がヒステリックになってきても、緑川小学校には誰も止める役《やく》の人がいなかった。

校長は女先生達のいじわるの矢が自分に向かってこないように、校長室に閉じこもって、ワープロをうっていた。

自分だけを必死に守っている校長をうらめしそうな目で見ると、竹田先生は、

「大人のいじめがなくならない限り、こどものいじめがなくなるものか」

とつぶやいて、職員室をいやな思いで、出た。

廊下《ろうか》を歩いていると、バスケット部のキャプテンをしている小野たかしがニヤニヤといやな態度でわざと竹田先生の前を横切ったり、くっついたりとおかしな行動に出た。

たかしが竹田先生のそばにくると、他の子ども達もウロウロと不自然な行動で大声を出

して笑い出した。

子ども達が悪たれを言っている目はぎらぎらと異様《いよう》な輝きで、竹田先生は肌寒《はだざむ》く身体が緊張《きんちょう》するのを感じた。

六年二組の子ども達の様子が、かなえのおしっこ事件から目立って悪くなってきた。

竹田先生は子どもの変化のうしろに大人のけはいを感じとった。

六年二組の子ども達がエスカレートしてくると、茂子は必死になって、かなえへのいじわるがふくれあがらないようにとがんばったが、茂子自身にもいじわるの矢がとんでくるので、茂子もかなえをかばいきれず学校を休みがちになった。


六年二組の教室でテストの採点をしている竹田先生の側でチラチラと様子をうかがって、みち子は細い目を輝かせ、口びるにうす笑いをうかべ近づいてくると、

「先生は社会のゴミだね」

と言った。顔色ひとつかえず、能面《のうめん》みたいな冷たい表情で、平然《へいぜん》とはき出されたみち子の言葉に、竹田先生の心は一瞬《いっしゅん》のうちに冷めた。竹田先生の人間としてのほこりは、ガラガラと音をたてて、こわれていくようであった。

「みち子さん、あなた自身が考えた言葉なのね」

竹田先生はあわてて、みち子に問いただした。すると、みち子の目は動揺《どうよう》したものの、それでも竹田先生から視線をはずさなかった。

竹田先生はみち子の背後に見えかくれする出羽先生達の存在が気にかかった。

五年三組の担任である出羽先生の教室へ、放課後みち子が入って行くのを何度もみかけたことがある竹田先生は、「根《こん》くらべだな」と自分に向かって、重たい口調《くちょう》で何度も言った。

数日後、六年二組の廊下《ろうか》をとおっている出羽先生の顔色をうかがって、みち子が落ちつかなくなって、教室をウロウロしだしたのを見た竹田先生は悲しくなった。胸のおくに怒《いか》りのかたまりがますます大きくなった。そして、緑川小学校の中でまったくひとりである孤独《こどく》を竹田先生は味わっていた。すると、突然、

「竹田先生、笑って、笑って」

前の歯が二本飛び出た口をいっぱいにあけて、あごをつき出して、竹田先生を元気づけようとしているかなえのひょうきんな表情に竹田先生は思わず吹き出してしまった。

「この子はつらいことをいっぱい体験してきたのだな」

かなえから元気をもらった竹田先生は、丸めていた背中をピーンとはると、力いっぱい

明るさを見せてくれるかなえに、

「落ちこんでいてもはじまらない。とにかく、クラス全体のかなえに対するいじめだけは取り除《のぞ》こう」

と改めて強い決心をした。

竹田先生と同期で教員になった入雲先生が、

「自分の体だけを考えなきゃ、この仕事やっていかれないよ」

と忠告してくれた。

しかし、竹田先生は、「たたかいになるのか」と不安ながらも、誰の助けもない方向に向かって行こうとする自分のむてっぽうさに、「これがわたしなのだ」と自分に言いきかせた。

八　逃げる

屋根にパラパラと雨の音が強くひびいた。

かなえはこの日、「学校へ行きたくない」と思い、胸が痛くなった。

すばやく頭から布団《ふとん》をかぶった。布団《ふとん》の中で、かなえは、「今日は学校を休もう」と決めた。

「まだ、起きんのか？」

マージャンできのうの夜はとうとう帰ってこなかった武の声がした。今朝、雨の中をもどった武が雨にぬれた体をふいて、足音を高くひびかせて、かなえの部屋にきた。

「早く起きなさい。学校におくれるぞ」

耳にひびく大声で、雨にぬれてクルクルと巻き毛になった短い髪《かみ》の毛を何度もタオルでふいて言った。そして、さっきの大声とは違ったやさしい声で、

「かなえ、今日はかなえの誕生日だね。早く帰っといで、夕食はお父さんがごちそう作ってあげるからね」

自分の誕生日を覚えていてくれた父の言葉がうれしくて、布団《ふとん》から飛び起きると、かなえは学校へ行く準備を始めた。

武はかなえをひきとってから、かなえがおしっこをもらすことが気にいらなくて、親子二人の生活に少しずつ、かげりが出てきた。

武はかなえのおしっこに対して、文句ばかりを言って、かなえをさけるようになった。

武の部屋に、かなえが入らないようにかぎがかけられた時、かなえは、「あたいはお父さんの子だろうか」と心が深く傷つけられた。それから、武はマージャンや仕事の帰りにお酒をのんで家に帰ってこない日が多くなった。

久しぶりに家へ帰ってきた武の父親らしい言葉に、学校を休むことをやめた。

「あたいの誕生日を父ちゃんはおぼえていてくれたんだ」

とうれしくなって、部屋のすみに放りなげられたかばんを持って、家を出た。

学校のくつ箱で、明るい気持ちで長ぐつをぬいでいると、みち子がすうっと近寄ってきた。みち子の細い目がキラリと光り、四角ばったあごの骨をつきだすと、

「くさいじゃん」

ふいに言われてかなえは、びっくりした表情でみち子を見た。

口びるにうす笑いをうかべたみち子は、

「くさいじゃーん！」

と今度は鼻をつまんでかなえの前でしつようにくりかえした。

くつ箱のところに登校してくるたくさんの子ども達がいた。その前でみち子にからかわれたかなえは顔が熱くなって、鬼みたいな恐《こわ》い表情になると、

「ばか」

と叫《さけ》びながら体ごとみち子にぶつかった。すると、みち子の赤い色の傘が宙《ちゅう》にとんだ。

「あっ」

みち子はコンクリートの床《ゆか》に尻もちをつき、小さな目を開いた。

「あたいがあんたに何をしたっていうの」

かなえの目はいつものおどおどした目でなくて、正面からみち子をにらみ、

「みち子のばかやろう」

と叫《さけ》んで、雨の中、かなえは校舎を飛び出した。

校庭をめちゃくちゃに走り、運動場の真ん中で、傘もささず、はげしく降る雨に向かって、両手を広げて、

バカヤロウ　いじわるミッチー
バカヤロウ　出羽カメ
バカヤロウ　学校

とかなえは雨に向かって大声でわめき散らすと、あっちこっち走りまわって、家の方へかけだした。

父親の姿は見えなかった。

「ウソばかり言って、父ちゃんは……」

朝、かなえに誕生日のお祝いをすると言っていた父親はいなく、家の中はひっそりとしていた。

「今日はあたいの誕生日なんだ。あたいは生まれてこなければよかった」

かなえは武の部屋の前にくると、かぎのかけられた部屋のドアを思いっきりけとばした。

何度も何度も武の部屋のドアをけとばしているうちに少しずつかなえの心は落ち着いてきた。

かなえは、びしょぬれになった衣服をぬぎすてると、パンツ一枚でこたつに入った。

雨の降りつづく中、竹田先生はあやめ公園を通りぬけて、かなえのアパートにきた。

かなえの家に入ると、五月というのに、こたつに入っているかなえを見て、竹田先生は驚《おどろ》いた。

家に入ってきた竹田先生を見て、かなえは声もなくただ先生を見ていた。

九　ひまわり娘

かなえの家は酒の空ビンが廊下《ろうか》や台所にころがって、部屋の中は足をふみいれる場もないくらいちらかっていた。

廊下《ろうか》に山づみにされたインスタントラーメンの箱づめを見た竹田先生は胸がキュンといたんだ。

コタツから顔だけをだしていたかなえが、

「あっ、竹田先生」

と言って、かなえの目は下を向いた。

「かなえちゃん、コタツから出ておいで」

じっと顔だけを出しているかなえは猫《ねこ》と遊んで、竹田先生の呼んでいる声に答えず、猫《ねこ》に「ミミちゃん」と話しかけた。

二人の間に長い沈黙《ちんもく》が続いた。その時、時計が十二時を知らせた。

「竹田先生、お昼だよ。ラーメン食べる」

とコタツから出てきたかなえは、廊下《ろうか》に山づみにされたインスタントラーメンの箱から袋を二つ取り出すと口で破いた。

フグのおなかみたいにふくらんだかなえの姿を見て、竹田先生はおかしいのと同時に、胸にあついものがこみあげて泣き笑いになっていた。

「この子は、ずっと孤独《こどく》な道を歩いてきたのにちがいない」。だが、かなえにはその孤独《こどく》をふきとばす明るさがあった。

ぬれたままぬぎすてられたTシャツとスカートをたたみ、バスタオルをかなえの体にあてると竹田先生はかなえを強く抱きしめた。

抱きしめられたかなえは、ラーメンを作る手を休め、竹田先生に甘えたくなるのを必死でこらえた。

「かなえちゃん、かなえちゃんがみんなに何を言われても、先生はかなえちゃんの味方だよ」

耳もとで竹田先生は何度も何度も言った。

たくさんのレッテルをはられてもがんばって生きてきたかなえの心に、竹田先生の言葉

はじんわりとしみこんだ。

「あたいは生まれてこなければよかったんだ」

大きな体をふるわせ、かなえは自分の中にわだかまっていた気持ちを口に出した。

「あたいが生まれてこなければ、天草《あまくさ》のばあちゃんと父ちゃんにいやな思いをさせないですんだのに……」

「いじめは自分がやられてみなければ絶対にわかりっこないよ」

かなえはせきをきったように胸の奥にしまっていた苦しみを話し出した。

ガスにかけていたインスタントラーメンが吹き出した。あわてて、できあがったラーメンをコタツの上におくとかなえは、

「先生、食べよう」

とドンブリを竹田先生にわたした。

「いただきます」

とあいさつするとズルズルと音をたてて、かなえはラーメンを食べはじめた。

「おいしい」

雨にぬれたままの髪《かみ》の毛を手でかきあげ、かなえはニィッと笑った。

「かなえちゃん、自分のうれしい気持ちや悲しい気持ちを人に伝えることは大切なことだ

よ」

かなえは、肩をすくめ、のぞきこむ目で竹田先生を見た。

じっとのぞきこまれた竹田先生は自分の心の迷いをかなえにさとられた思いで気がひけるのを感じた。

ラーメンを食べた後、かなえはひたいにながれるあせをTシャツでふくと窓をあけた。

窓から吹いてくる風が部屋のムッとするにおいをいっそう強くした。

かなえは、自分のことだけをじっとみつめてくれている竹田先生のやさしい目に、恥《は》ずかしいけれど、今まで感じたことのない幸福な気分になった。

十　あこがれ

「今日もいやだな」

とどんよりと曇った空を教室の窓ごしにながめていたかなえの前に、鬼みたいな顔でみち子が横に立った。

みち子はかなえの席の横にくると、無視して、横をふり向かないかなえに腹をたて、自分のふで箱や教科書をかなえの机に置いて、かなえの反応を横目で確かめた。かなえは窓の外から空へと視線を移した。

「ひとりで淋《さび》しい子。誰にも相手にされない孤独《こどく》なシンデレラ」

と絵本の話をしているが、それはかなえだけにわかるあてつけの悪たれであった。細い目をキラリとひからせ、みち子は大きな声で、

「淋《さび》しい。貧《まず》しい。孤独《こどく》なシンデレラ」

と何度も何度もくりかえした。

みち子の悪たれは茂子の耳にも聞こえた。本を読んでいた茂子はあわててかなえの席にやってきた。みち子はころげるようにして自分の席にもどった。

かなえは、曇った空に目をやると、カラスが暗くなった空を必死に飛んでるのを見て、

「生命《いのち》しているな。生命《いのち》しているな」

と小さな声で言った。

声に出すと、お腹の底から力がわいてきて、「負けてたまるものか」という気持ちでいっぱいになった。

かなえは、一日中くりかえされるみち子のかなえだけにしかわからない「連想ゲーム」のいじわるに絶対に負けないと心にちかった。

かなえにとって「生命《いのち》しているな」という言葉は、不安な気持ちからすくってくれる大切な言葉であった。

茂子がかなえの席をはなれ、バケツの水をすてに教室を出て行くと、再びみち子がかなえの横にやってきて、

「そうきんはきれいにあらってよ。くさいからね」

いじわるな細い目をつりあげ、四角いあごをつきだして悪たれをだんだんエスカレート

させた。

かなえはみち子を無視して聞こえないふりをして窓の外へ目をやると「生命《いのち》しているか。生命《いのち》しているか」とつぶやいた。

みち子の色白の顔が青くなって、細い目がきっと鋭《するど》くひかると、

「やく病神」

太い声でみち子はかなえに言った。

「生命《いのち》しているな。生命《いのち》しているな」

かなえはみち子の悪たれに負けまいとして心の中で何度も言って、自分をはげました。

自分の方をふり向かないかなえにいらいらしたみち子は、ふたたび茂子が教室にもどってきたので、かなえの側からあわてて離れた。

そうじ時間が終ると、かなえの心はさらに重く暗くなっていった。


いやな日が終って、家に帰ると、かなえは自分の体から力がなくなっていくのを感じ、何もしたくなくてコタツにもぐった。

コタツの中から顔を出すと、目だけをキョロキョロ動かした。そして、壁の土が落ちた場所をかくすためにかけられたカレンダーに目が止まった。

父親が家に帰ってこなかった日につけた×印をうらめしそうに見ると、かなえの心はまた重くなった。つぎに赤いマジックでぬられた五月十四日の日づけにかなえの目がくぎづけになった。

「明日の日曜日は母の日だ」

母の日はかなえにとって、心の騒《さわ》ぐ日であった。

赤いカーネーションを一度でいいから母親にプレゼントしてみたいという気持ちは小さい頃からのかなえの夢であった。

「そうだ！　竹田先生に赤いカーネーションあげよう」と思いつき、コタツを飛びだすとかなえは大切にしているぶたの貯金箱を割った。お金を取り出すとあやめ公園の隣《となり》にあるハッピー花屋に行った。

赤いカーネーションを三本買って、胸にしっかり抱えると、生まれて初めてカーネーションをプレゼントすることでかなえの胸はワクワクした。

どんよりと曇って今にもふりだしそうな天気であった。ときどき吹いてくる強い風にふかれて、お菓子の空袋が、あやめ公園のブランコにあたって、カサカサとなった。

カーネーションをしっかりとにぎって、運動場側にある飼育小屋の方をまわって、六年二組の教室へと向かった。

竹田先生は暗くなった教室で、みんなが書いた絵を教室の後ろの壁にはっていた。

「竹田先生」

運動場の窓からかなえは顔を出して、声をかけた。

「かなえちゃん、どうしたの？」

竹田先生は驚《おどろ》いた表情で、教室の戸をあけて、かなえを中に入れた。

かなえは後ろにかくしていた赤いカーネーションとてがみを、「ハイ」と竹田先生に渡した。

「母の日に、赤いカーネーションをあげることがかなえの夢だったんだ」

と、かなえは顔をまっ赤にして言った。

「竹田先生、ごめんね。お母さんの代わりにして」

手を合わせてあやまるかなえの頭に手をのせると、竹田先生は胸がぎゅうっとしめつけられた。

赤いカーネーションを渡すと、かなえはてれくさくなって、急いで教室を出て行った。

一方、竹田先生は、夕食の時間近くなって学校にやってきたかなえが心配だったので、かなえの姿が、学校の角をまがって、見えなくなるまで教室の窓から見おくった。

そして、かなえから渡された赤いカーネーションとてがみをじっとにぎったまま、竹田先生はかなえの「夢」であった思いを考えた。

かなえのてがみをゆっくりと読み終えた竹田先生は、「あたしってちっとも子どもの心をわかっていない」と強く自分をせめた。

そして、もう一度竹田先生は、かなえのてがみを声に出して読んだ。

「竹田先生、ごめんね、お母さんの代わりにして。一度でいいからあたいは、母の日に、カーネーションを渡したかったのです。かなえ」

と書いてあった。そして、最後に「この次の日曜日、竹田先生の手料理のお弁当とドライブを楽しみにしています」と書かれていた。竹田先生はかなえの母親に対する気持ちを理解した。

かなえが、学校を休んだ日にかなえの家に行った時、ラーメンを作ってくれたお礼に、竹田先生はいつか自分の手料理を食べさせることを約束していた。

かなえは、そのことを忘れずに楽しみにしていたので、竹田先生は約束のドライブを楽しい思い出にしようと思った。

竹田先生が暗くなった校舎の廊下《ろうか》を歩いていると職員室から出羽先生が出てきた。

ピンクのメガネのふちをあげると、じいっと竹田先生を見て、ゆっくりとゲタ箱の方へ歩いて行った。

教室にいても廊下《ろうか》に出ても、出羽先生が自分の近くに姿をあらわして存在を示しているのが、竹田先生の心をふさいで重くしていた。

出羽先生が校門を出て行くのを確かめて、竹田先生はゆっくりとくつをはいた。

「あたしがなんで気をつかわなければならないの」

竹田先生は自分の中に存在している出羽先生への偏見《へんけん》に気づき、さらに心がふさがった。

十一　ドライブ

母の日から一週間たった日曜日。かなえは朝早くから目がさめた。

「今日はお母さんの味がする手作り弁当が食べられる」

はずむ心で出かけるしたくをすませると、かなえは年中つけているコタツにはいって、小鳩《こばと》が鳴いている声をいつもとちがう気持ちで聞いた。

アパートの前で車の止まる音が聞こえた。

「かなえちゃん、行くわよ」

竹田先生のはずんだやさしい声が聞こえた。

目を輝かせて、かなえは車の待っている外に走り出てきた。そして、車の中に人がいるのを見つけると顔が険《けわ》しくなった。

竹田先生はかなえの表情がかたくなるのを見ると、

「かなえちゃん、私のだんなと子どものあやかです。よろしくね」

とかなえの顔色を気にしながら紹介した。

かなえは下を向いて、車に乗ると、何も答えずプイッと外を見た。

竹田先生のだんなさんが運転する車は大きなバス通りからはずれて、海岸沿いの道を走った。松林が続く道路を左に曲がると、道はでこぼこで曲がりくねっていた。

暗くなった松林をぬけると、岬《みさき》の突端《とったん》にきた。車を止めて、全員車からおりて、岬《みさき》の突《とっ》端《たん》に立った。

そして、両手をひろげて潮《しお》の香りをかぐと、「なつかしいにおい」と言ってかなえのきげんはすっかりなおっていた。

海はどこまでも広がっていた。

突然、かなえは、岬《みさき》の岩場から走り出すと、砂浜におりて、大きく字を横に書いた。

おかあさーん
砂に大きく書かれた字を見て、竹田先生は胸がしめつけられた。

かなえは、自分の後ろに立っている竹田先生を見ると、

「海がかなえの母さんだよ」

と言って、くるりと海の方を向くと、大きく手を広げて、ふかぶかと空気を吸いこんだ。

かなえが母親を求めている気持ちが竹田先生には痛いほどわかった。

「竹田先生、あたいの母さんは、あたいの面倒《めんどう》をみれないから出ていったとおヨネばあちゃんに教えられたけど、あたいにはなんだか理由がよくわからないんだ」

母さんのことを聞くといつも父親は、口をつぐんで話を変えるのであった。

「母さんには、人が口に出せないわけがあるのだと思うよ。あたいだけが知らないんだよ」

「かなえちゃん、あなたが言うようにきっと何かわけがあるんでしょう。でもね、無理に聞かなくても、そのほうがいい事ってたくさんあるのよ」

と竹田先生は、かなえの肩に手をおいて、

「かなえちゃんの大好きな海だね。ほら、きれいね」

と言った。そして、竹田先生のだんなさんとあやかちゃんが遊んでいる方へ目を向けて、

「お弁当食べるわよ」

と大きな声で二人の名前を呼んだ。

「かなえちゃん、お弁当食べよう」

と海のよく見える丘の上に竹田先生はかなえを連れて行った。

竹田先生の家族と一緒にお弁当を食べていると、

「あやかちゃんはいいね。お母さんがいて、家族があって」

おにぎりを手に持って、顔をゆがめたかなえは、「あやかちゃんはいいね」とくりかえし言った。

ハッと痛いところをつかれた竹田先生は、かなえの気持ちをきりかえようとして、

「ほら、かなえちゃんのリクエストのじゃがいものサラダとエビフライよ。たくさん食べてね」

とかなえの顔を両手ではさみ、自分のひたいをかなえのひたいにくっつけた。そして、

「ごめんね。ごめんね」

とつぶやきながらかなえの目をじっと見つめた。

しばらく全員が口を閉《と》ざし、シーンと重たい空気がただよった。

竹田先生のだんなさんが「かなえちゃん、ほら、食べよう」と気をとりなおして言った。

すると、

「かなえ、家にかえりたい」

とまっ青な顔でかなえが言った。

竹田先生のだんなさんは「じゃ、かえろうか」と言って車に乗った。

車に乗ると、かなえは黙ったまま、窓の外をながめ、小さな声で「先生はいいね。家族

があって」とつぶやいていた。

かなえを家に送り届けると竹田先生は自分を責めた。

「かなえちゃんの心を傷つけてしまった」

と言いながら車のシートにぐったりとして目を閉じた。

「でも、よかったんじゃないか」

と運転していただんなさんが、今回のドライブの意義はかなえちゃんの気持ちを理解する上でもよかったと竹田先生をなぐさめてくれた。

「そうね。かなえちゃんの胸の奥に残っている母親への思いを知ったことだけでも、ドライブに行った意味はあったんだ」と竹田先生は自分に言いきかせた。

十二　ひとの目

朝から降っている雨を見て、「いやだなあ。学校に行きたくない」と、かなえは暗い気持ちになった。

学校に行くと、黒板に朝自習の計画が書いてあった。

竹田先生は隣町《となりまち》の新川小学校の図工の研究発表会で、午前中留守《るす》になっていた。

かなえは竹田先生が出張でいないので、不安になった。後ろの席の方をみると、「あっ、茂子さんもいない。いやだな」と気づき、胸の中がドキンとなった。

色あせたTシャツで顔をふくと、醤油《しょうゆ》のしみがついて、みそのこいにおいもした。

三時間目の国語の自習時間に、黒板の前で四角いあごをつきだし、みち子が細い目をかなえの方に向けた。そして、鼻をつまんだポーズでパントマイムをした。

みち子は、ポーズが終わると四角いあごをつきだし、細い目を鋭《するど》くひからせると、かなえの席の近くにやってきた。かなえの体はがちがちになった。かなえの横でみち子はうす笑いをうかべて悪たれを言った。

かなえはみち子の悪たれを聞くまいと、遠くの方に目をやって、無関心《むかんしん》をよそおって、自分の空想の世界へ入った。

横目でチラッとかなえを見て、

「ぶたは、ブーブー鳴いて残ぱん食べて、汚《きたな》いけれどきれいずきなんだ」

とみち子は鼻をつまんだ。

かなえはそんなみち子には目もくれず、おだやかな顔で、窓の外を見た。

みち子はかなえのおだやかな姿を見ると、細い目をギラギラさせて、いらいらと落ち着かなくなった。

そして、教室の中をウロウロと歩きだした。みち子が動きだすと、六年二組のクラス全員の顔つきが鋭《するど》くなって、教室の中が異様《いよう》なふんいきになるのをかなえは肌《はだ》をとおして感じた。

「この子たちは、いじめることに生きがいを感じ、また、ゲームになるのだな」とかなえは気づいた。

窓側にすわっているまさ子に、みち子が目で合図すると、まさ子がきつい顔で立上がっ

た。そして、みち子と一緒にかなえの机の前をウロウロしながら、

「いつも根のはえた白大根」

とみち子はチラ、チラとかなえを見て言った。

「動かないお化けだ」

とまさ子がはっきりと大きな声で言った。かなえは空想の世界に入りこむことで必死に自分をささえた。

かなえは目をとじて、天草《あまくさ》の海を一生懸命《いっしょうけんめい》にイメージすると「生命《いのち》しているか。生命《いのち》しているか」と祈《いの》りだした。

みち子の言葉が耳の中に入ってこなくなると、胸の中で、不思議《ふしぎ》とかなえの体に大きな力がわいた。

「強くなろう。強くなろう」

と何度も何度もかなえはつぶやいた。

かなえが何を言われても向かってこないことに驚《おどろ》いたみち子は、「かなえは、なぜこんなに強くなれるのだろう」とだんだんかなえの存在が気になった。

「絶対かなえを追いつめてやる」

とぶつぶつ言って、みち子は自分の席にもどった。

まさ子はみち子がかなえから離れると、すばやくかなえに近づいて「おしっこかぶり」と悪たれを言った。

「あたいは、みんなになんと言われてもいいんだ。あたいはあたいだもの」

かなえはいきいきとした顔でまさ子に言った。

まさ子は、顔をまっすぐ上にあげて、「あたいはあたいなんだ」と言い切ったかなえに驚《おどろ》いた。

「なんであんなに強くなれるのだろう」

まさ子はかなえのきらきらと輝いている目で見られると、ばつの悪そうな表情になった。

まさ子がかなえに悪たれを言っているが、まさ子の目は悲しげで、机にもどって行くまさ子の肩はがっくりとさがっていた。

「まさ子さんはどうして悲しい目をしているのだろう」とかなえはなんとなく憎《にく》みきれない自分にやりきれなさを感じた。

まさ子がかなえを攻撃《こうげき》するのをやめると、みち子は口もとにずるがしこい笑いをうかべて、かなえの席に近づいてきた。

かなえはまさ子がいじわるをやめたことで、みち子のいかりが自分へ向かってくることを感じて、ふるえる足を力いっぱい手でおさえ、

「生命《いのち》しているな。生命《いのち》しているな」

とおヨネばあちゃんの口ぐせをとなえた。

かなえはこの言葉を口に出すと、体に力がわいてきた。大きな人間になれる気がした。

みち子が四角いあごをつきだして、かなえの表情をうかがった。

「あたいは、あんたをいやがってんの」

と声は小さいけれど、初めて口に出してみた。

驚《おどろ》いたみち子は、細い目をあけて、かなえの横で言った。

「くさい、くさい花はなんだろう」

しかしその声は、以前ほどのいきおいはなかった。

「あたいはあたいなんだ」

かなえは大きな声ではっきりと言った。

みち子の細い目がオロオロとあわて、まわりの子ども達の目を気にしだした。コソコソと自分の席へ逃げるみたいにもどると、みち子は教科書をひらいた。

かなえは自分の席から立ち上がると、こぶしをにぎりしめて、ふたたび大声で、

「あたいはあたいだ」

と叫《さけ》んだ。

六年二組の子ども達は、あわてて自分の席にもどると、三時間目の国語の教科書を読んだ。

教科書を読んでいる子ども達の平気をよそおう顔をみて、かなえは、「何かいやなんだ」と心のとびらが閉まるのを感じた。

十三　虐待《ぎゃくたい》

かなえがこの緑川小学校に転校してきた日からずうっと気にかかっていたのが、まさ子の存在であった。

まさ子は色の白い顔とサラリと長くのびた髪《かみ》に赤い髪止《かみど》めをして、いつも鋭《するど》い視線でかなえを見ていた。

両手をポケットに入れて、黒のスニーカーのかかとをふんで、笑ったことのないまさ子のかなえを見る目は憎《にく》しみに燃《も》えていた。

「あたいが、あの子に何をしたというの」

まさ子の憎《にく》しみに燃《も》えた目を見るたびにかなえは考えた。

心の中に不安があってもかなえは顔に出せず、笑って、まさ子を見ると、

「ニヤニヤ笑うな」

と、胸につきささるような鋭《するど》い言葉をまさ子がなげつけた。

かなえは泣きたいのをがまんして、「生命《いのち》しているな」とつぶやいて、心の中が淋《さび》しくて孤独《こどく》な気持ちになるのをとめようとした。


昼休みになるとひとりでかなえは教室をぬけだすと、学校の裏にある三日月山に登った。

三日月山の中腹にあるひょうたん池のふちで、目をとじるとかなえは大きく両手を広げて、胸いっぱい空気を吸いこんだ。その時だった。

どおーん

と強いしょうげきがかなえの体全体を走った。

顔からいきおいよく草の中に倒れたかなえは、おでこを土で強くうった。

顔にジーンと痛みを感じた。何が何だかわからずふりかえると、そこにはかなえのあとをつけてきたまさ子が立っていた。

後向きになっていたまさ子は、くるりと前向きに体を整えて、

「あんた、自分の中で言いたいことをはっきり言いな」

と低くかすれた声で言った。

かなえはまさ子がけんかをふっかけてきたのがわかるので、まさ子が何を言っても答え

ずにひょうたん池をながめた。

二人の間に長い沈黙《ちんもく》が続いた。

「あんたを絶対、追いつめてやる」

とまさ子がつぶやいた。その瞬間《しゅんかん》、かなえは、

「わあっー」

と声をあげてまさ子に体あたりした。

まさ子はドサッと草の上にあお向けに倒れた。

「いったい、あたいの何が気にいらないの。あたいに母親がいないから？」

髪《かみ》をふり乱し、かなえはまさ子の上に馬のりになって、夢中《むちゅう》でまさ子をたたいた。

手をあげるたびにかなえの太ったお腹がチラッと出た。

「あんたがめざわりなのさ」

「なんで、なんで」

まさ子を力まかせにたたきつづけるかなえの目から涙があふれでた。

まさ子はかなえが泣くのを初めて見た。

まさ子の中を風がふきぬけた。

「あたいもこんな役《やく》からおりたいよ」

体をふるわせ、かすれた小さな声でつぶやくまさ子の声に、こんどはかなえの手が止まった。

「こんな役《やく》からおりたいだって、あんた、役《やく》であたいをいじめていたの」

まさ子から思いもしなかった言葉を聞いて、かなえは転校して一ヶ月たった五月初めの雨の降る寒い夜に見たことを思い出した。

「もういやだ。みはり番なんて！」

門の外から母親にうでをひっぱられながら、家の中に連れて行かれたまさ子の悲しい声が暗い闇《やみ》にひびいたことを思い出した。

「まさ子さんはお母さんにせっかんをされていたのだ」

思わず口に出したかなえの言葉に、まさ子のほほがピクリと動いた。

「母親なんていらないよ」

ギラギラと燃《も》える目で吐きすてた。そして、まさ子は母親と出羽先生の関係をしゃべりだした。

まさ子が四年生の時に、出羽先生が担任で、まさ子の母親がＰＴＡの役員をしていた。まさ子の母親は出羽先生に地域での問題や行動を報告する役目をおわされていた。

まさ子の母親は、子どもをいい学校へ進学させたかったので、緑川小学校で力のある出羽先生から離れなかった。

「あいつらうそつきやろうだ」

とまさ子は吐き出すとがっくり歯をくいしばった。

まさ子のやり場のない怒《いか》りが、こぶしを作った手をふるわせていた。

こぶしを作った手で何度も何度も母親がまさ子をたたく時のまねをした。手をふりおろした時に、まさ子の白いブラウスからのぞく、黒ずんだ皮下出血《ひかしゅっけつ》のあとの青あざを見て、かなえはあっと息をのんだ。

まさ子が雨の降る寒い日、せっかんされているのを一度見ていた。

「まさ子さんもあたいと同じで、ひとりぽっちで淋《さび》しかったんだ」

かなえの目の前にいるまさ子は、憎《にく》しみの目などもたないおびえたひとりの少女であった。

「学校も家もいやだ」

まさ子はながい間、出羽先生と母親に監視《かんし》され続けてきたことを、狂《くる》ったみたいに太い声で、

「あたしは母親にも出羽先生にも愛されてなかったんだよ。裏切られてきた」

と悲しい目でかなえに話した。

かなえは、驚《おどろ》きのあまり言葉がすぐに出てこなかった。

まさ子の肩に手をおいて、かなえはあふれてくる涙を必死にこらえた。

まさ子は子どもっぽさを取り戻し、今までの険《けわ》しい表情とつっぱりは消えていた。

そして、突然、

「あたし、ひとりでないよね」

と何度も何度もかなえに確かめた。


「友達になろうよ」

かなえは、自分から初めて、友達を求める言葉を口に出した。

まさ子の悲しい目が驚《おどろ》いた表情になった。

「かなえちゃん、あたしと友達になってくれるの。あんなにいじわるしたのに！」

まさ子は顔をくずし、下を向くと今にも泣きだしそうな顔で、

「かなえちゃん、変わったね。なんでそんなにやさしくなれるの」

まさ子は、いじめたかなえが自分と友達になってくれることが不思議《ふしぎ》であった。

「あたい、今までいっぱい裏切られてきたんだ。悪いことは全部あたいの責任になるん

だ」

かなえは、自分の心にしまっていたできごとを生まれて初めてまさ子に話した。

三日月山に夕日があたり、ひょうたん池に夕やけがあたって赤い色になった。

静かな三日月山に、放課後のチャイムが、聞こえてきた。

かなえの顔にも夕日があたり、赤くなった。

「あたい、いじめられて思ったんだ。初めはいじめられてくやしくて、何度も生まれてこなければよかったとひとりで考えていた」

と少しずつ自分のことを話しはじめた。

「あたい、でも考えなおしたんだ。人があたいのことをどう見ようとあたいだけでも自分を大切にしようとね」

かなえの心の深いところが少しずつ見えてくるのを感じたまさ子は、

「かなえちゃんは強い子だね」

と言って、ひょうたん池の土手にすわった。

まさ子の顔からつっぱりの表情が消えて、不安な声で、

「わたしも、強くなれるかな」

とポツリとつぶやいた。

かなえはまさ子の側にきて、
「なれるよ。ネッ、自分を好きになろう」
とまさ子の目をまっすぐに見た。
夕日にあたって二人の顔が赤くなった。まさ子が初めてかなえの方を見て笑った。
かなえは緑川小学校に転校して、初めてまさ子が笑うのを見た。
笑っているまさ子の顔は、おだやかでかわいらしかった。
ひょうたん池の土手にすわって、二人は夕やけで変わっていく空をながめた。

十四　かなえの力——学校ってなんだろう

三日月山をおりて、二人は由良川の橋で別れた。

かなえはうれしくなり、家に帰る前に、まさ子と仲直りした事を竹田先生に知らせたくて、緑川小学校にもどった。

放課後の校舎を夕日が赤く染めて、版画で見る校舎のようにすてきに写しだされていた。

静かな校舎に、ピアノをひく音がひびき、廊下《ろうか》の壁にはられたポスターが、かさかさと音をたてた。

かなえは六年二組の教室へいそいで行った。教室では竹田先生が図画の作品の飾《かざ》りつけをしていた。

「竹田先生」

明るい顔で、かなえは竹田先生に声をかけた。

「どうしたの？」

と驚《おどろ》いた顔で竹田先生がかなえの方をふりかえった。

「まさ子さんと仲よくなれたんだ」

うれしそうな顔で報告するかなえの姿が夕日に照らされた。

色あせたTシャツの肩の破れが竹田先生の目にとびこんだ。

「この子はまさ子と友達になれたことが、うれしかったんだ」

竹田先生は、かなえが人を思う気持ちがいじらしくなって、かなえの側に寄って、かなえのひたいに自分のひたいをあてた。

かなえは目を丸くして驚《おどろ》いて、

「竹田先生、どうしたん。何かあったん」

竹田先生の目をのぞき、

「学校をやめるんじゃないの」

かなえの言葉に竹田先生は、ビクッと反応したが、ふだんと変わらずに、

「かなえちゃん、先生はかなえちゃんから元気をもらったよ」

竹田先生は、気持ちが暗い時などかなえに元気をもらったことを話した。

「竹田先生ほんと。あたいも少しは、力になってんだ」

うれしそうな顔で、かなえは少しずつ自分の気持ちを出してきた。

「竹田先生、あたい今まで自分だけが不幸だと思っていたけれど、まさ子さんの方がずっと不幸だったんだよ」

かなえは真剣な表情で、顔をゆがめ、

「まさ子さんは母親がいたのに幸福ではなくて、お母さんからいじめられていたんだ」

涙が出るのをこらえて言った。

長い沈黙《ちんもく》になった。そのあとかなえは、

「竹田先生、あたいもまさ子さんもひとりではないんだ。これからはね」

かなえの目には力強い決意がこもっていた。

竹田先生は、長い間いじめられても、踏《ふ》まれても一生懸命《いっしょうけんめい》に生きてきたかなえの十二年間の重さを改めて思った。

「あたしは、結局、学校という怪物に負けたのかもしれない」

かなえの力強い立ち上がりに、竹田先生は、人間の生きようとする強さに驚《おどろ》かされた。

自分だけの思いや正義をふりかざしてみても何の役にも立たない。

「ちっぽけだな自分は」

竹田先生は悲しくなった。

かなえの自分だけを信じて生きてきた者の説得力《せっとくりょく》のある言葉に、知らない間に竹田先生は救われていく心地であった。

暗くなった校舎からかなえが帰ろうとすると静かな校舎に、

リーン、リリン

リーン、リリン

電話のベルの音が放課後の校庭にひびいた。

「あっ、女先生たちが室内電話をかけているな」と竹田先生は、自分が監視《かんし》されているのを感じた。

かなえを見おくった後、竹田先生は、かなえの生きる姿勢をふりかえった。

かなえは人にどう見られるかよりも、自分をどこまで信じられるかを自分に言いきかせてきたのだ。

「かなえちゃんは強くなったよ。もう、だいじょうぶだ」

そうつぶやくと、竹田先生は自分の中にある学校への不信感と問題点がふくらんできた。

人と人との関係の大切さを教えなければならない立場の教師が平気で人間関係を切り、孤立化《こりつか》させて、追いつめていくこの学校の教師たちのやり方に、「この学校をやめる時期がきたな。このままではあたし自身が屈折していく」と竹田先生は感じた。

暗くなった廊下《ろうか》に出ると、壁にはられた標語「豊かな心、やさしい心」が風に吹かれ、かさかさと枯れた音をたてている。

標語の言葉を口に出した。

「ただの言葉か」と竹田先生の心はむなしくなった。失望をさらに深くした。

「学校ってなんだろう」

竹田先生は、暗くなった窓の外を見て、窓に映っている自分の顔に驚《おどろ》いた。目が落ち込んで、その目は疑いぶかく、人を寄せ付けない目であった。

「緑川小学校はいじめの構造で、誰かを的にして、自分の身を守ることに必死なんだ」

哀しい目で暗くなった運動場を見ていると、竹田先生は怒《いか》りや憎《にく》しみが自分の体の中でふくらんでいくのを感じた。

「子ども達まで巻き込んで、そうやって自分の身を守らねばならない人も、何かからのいじめをうけているのだろう」と考えると、「人間って弱いものだな。子どもまでを所有物化してしまって……」。

学校という枠《わく》にはまると、誰もが自分を守るために、いじめの的になった人の立場に立とうとせず走りだして、いじめの芽をエスカレートさせてしまう。

「教師の仕事の責任は重たいよ。子どもにレッテルをはると、子どもの人生、いや将来をも決定づけることになりかねない」

とそうつぶやくと、竹田先生は自分の中にある学校と教員の責任の重さを感じた。

竹田先生は六年二組の子ども達がかなえの行動と言葉に全神経を傾け、かなえをいじめの的にして、自分達の不満を一気に出して、エネルギーを発散させているのを見てきた。

「この子達は、どこへ向かって走っていくのだろうか」

不安を感じた竹田先生は今の子ども達の状況のたいへんさを思って、心が重くなった。

十五　消しゴム

竹田先生は子ども達が帰った後、六年二組の教室で子ども達が一学期にくらべて、顔が険《けわ》しく悪くなっていく姿を考えた。

「かなえちゃんは、自分にはられたレッテルをたったひとりで受けとめて生きてきたんだ」

かなえに問題があるのではなく、問題があるのは大人の側であって、社会がだんだんおかしくなってきたのだと竹田先生は強く感じた。

「かなえちゃんが遠くの方へ目をやって、けんめいに歌っているのは、レッテルに負けまいと必死に立上がっているのだ」

とかなえの気持ちを竹田先生は理解することができた。出羽先生が「叱ってもあの子は笑ってんだよね」と憎《にく》しみをこめて言った言葉のうらの、かなえのほんとうの心がよく分

かった。

「かなえちゃんは、消しゴムで消しても消えないレッテルをせおって、一生懸命《いっしょうけんめい》に生きてきたのだ」

と竹田先生は、学校でかなえが机にひじをついて、その上にアゴをのせて、窓の外をボーッと見ている姿勢を思い出した。

かなえの机にすわって、運動場や外の景色をかなえと同じ視線で見ていると、少しずつかなえの気持ちが理解できてくるのであった。竹田先生は、かなえと初めて会った日のことを考えた。

かなえは新緑のきれいな四月、緑川小学校の職員室に、背が高くて色が黒く大きな目をおびえさせた父親に連れられてやってきた。

かなえの服は色あせたTシャツにハイネックのTシャツを重ね着して、体を小さくふるわせていた。貝のように黙って、一言もしゃべらないで、色のあせた赤いTシャツのそでで顔をふいて、目をキョロキョロさせていた。そして、かなえの目は、職員室の出入口で、自分に冷たい目を注いでいる中年の女性へと注がれた。

あの時、出羽先生がかなえの服装について、しつこく竹田先生に忠告した。出羽先生が「あの子はおかしな子だ」と言ったその時に、「おかしな子ではありません」となぜはっきりと言えなかったのだろうか、と悲しい気持ちになった。

教室の外はいちょうの葉がヒラヒラと風でおちていた。

「ここの学校では職員同士が誰かを的にして、自分の身を守ることに必死なんだよね」

自分の身を守ることに必死になっている大人達も何かのしわよせからであった。そんな大人の姿を見ている子ども達も必死に自分の身を守っているのであった。

じいっと長い間、竹田先生は、風に舞《ま》って踊《おど》っているいちょうの葉をながめていた。

「何が一番恐《こわ》いのかといったら、人間の心だよ」

哀しい気持ちでつぶやくと竹田先生は、暗くなっていく空を見て、右の手で自分のお腹をなでた。

竹田先生は目をつむり、右の手に力が集まるように祈《いの》りをこめてやさしくなでた。

お腹をなでることは竹田先生の元気の出る唯一《ゆいいつ》のしぐさであった。

十六　イス事件

朝から空が暗くなって、雨が降りだしそうな寒い日であった。

かなえは「いやだな。学校へ行きたくないな」と思って、ゆっくりと布団《ふとん》から出た。

竹田先生が出張で朝からいなかったので、黒板に自習の計画が書かれていた。

学校へ遅れてきたかなえは六年二組の教室の前にくると、しらずしらず体に力が入ってみがまえた。

かなえが窓ぎわの自分の席につくと、かなえのイスが低くなって、小学一年生が使うイスにかわっていた。

かなえはあわてて自分のイスを探したがどこにも見当たらなかった。

あきらめて、かなえはお腹に力をいれると、「しかたない。このままわろう」と思って、音をたてないように小さなイスにすわった。大きな体のかなえがすわると、イスからおしりがはみだして、おかしなかっこうになった。

子ども達はかなえの事を無視して自習のプリントの答えあわせを全員でやっていた。

イスにすわって、時間が経つと、かなえはだんだん気持ちがふさいでいくのであった。

クラス全員の子どもの顔が声が、かなえの頭の上で答えあわせをしていた。

かなえの胸のこどうがズキン、ズキンと早い音をたてて動きはじめた。

みち子が黒板の前に出てきて、初めてかなえの方へチラッと目をやり、字を書く時に四角い顔を横にふって、大きな口をニイッとほころばせた。

かなえは六年二組の子ども達の顔が鬼の面みたいに冷たくてざんこくに思えた。

小さなイスひとつでこんなにも悲しくつらく心が傷つくとは思わなかったかなえは、「やっぱり学校へこなければよかった」と今にも涙がこぼれそうになった。

かなえは歯をくいしばり、「生命《いのち》しているな。生命《いのち》しているな」と心の中でつぶやいた。

みち子がかなえの行動をじっと見ているのを体で感じたかなえは、絶対に涙を落とすまいと思った。

「みち子さんはあたいの何が気にいらないのだろうか」とかなえは、しつようにまとわりついてくるみち子の目が気になった。

次の答えの算数の発表はかなえの順番にまわってきた。

「かなえさん、前に出てください」

とサッカー部のキャプテンであるたかしが、大きな声で呼んだ。

かなえは目の前が暗くなるほど、頭にかあっと血がのぼった。

黒板の前に出て、「ちこくしてきたので、答えがない」と小さな声で言った。

「何を言っているのか意味がわかりません」

とたかしがばかにした態度で言った。

六年二組の子ども達も、

「わかりません。何を言っているのか意味がわからん」

と騒《さわ》ぎだした。

たかしはまゆ毛をくもらせ、

「おまえは社会のゴミだね」

と太い声でかなえに向かって言った。

かなえは六年二組の教室を飛び出した。

運動場側の窓ぎわにすわっていたまさ子は「しまった」と思って、たかしにパンチをくわせるとあわてて六年二組の教室を飛び出して、かなえの後を追った。

学校を飛び出したかなえは、体育館に行って、なわとび用のあさひもを手に取ると学校の校門前にあるいちょうの木に登った。

「死んでやる。あたいが死ねば、みんな仲良くなる、幸せになるっていうなら死んでやる」

とかなえはいちょうの木に登って大声で泣きながら叫《さけ》んだ。

まさ子はいちょうの木の下に行って、

「かなえちゃん、早く早くおりてきな」

とあわててかなえに呼びかけた。

「いやだ。もうあたいは生きていたくない」

木の上のかなえの目は血走って、つりあがっていた。

「ネッ、かなえちゃん、ひょうたん池のところで、がんばって生きようって約束したじゃないの」

いちょうの木の下でまさ子は必死になってかなえを説得《せっとく》した。

かなえはまさ子が一言ずつ言葉を選んで、かなえのために必死になって言っている言葉に、ハッと我にかえった。

「かなえちゃん、あんたが私に言ったのよ。神様はこの世に絶対必要だからあたしをこの世に送り出したんだと」

いちょうの木の下をウロウロと動き回って、まさ子は手を上にあげて、

「ネェ、おりておいで。かなえちゃん」

まさ子の言葉にかなえの心は少しずつ落ち着きをとりもどした。

木の上で、まさ子の姿だけしか目にうつらなかったかなえは、まさ子の後ろに大勢の先生や子ども達が集まっているのが少しずつ見えた。

木の下にいる六年二組の子ども達は、あわてて、

「あんたが悪いのよ。あんなこと言ったから……」

とたかしを指して、お互いに文句を言い合った。

小野たかしは青白い顔で、いちょうの木の下から逃げ出して、東側のトイレをとおって五年三組の教室のある校舎の方へ走った。

かなえを探していた茂子は低学年の教室から重たい心で出てきて、驚《おどろ》いた。

東側の飼育小屋の近くにある五年三組の教室の前でたかしがおこって、出羽先生に文句を言っているのを見た。校舎のかげにかくれると足ががたがたふるえて、驚《おどろ》いて目をうたがった。

「せ、せんせいが言えって言ったんだろう」

とたかしが最後にかん高い声で言った言葉が茂子の耳に聞こえた。

「ま、まさかあの二人はグルだったんだ」と考えると茂子の足から力がぬけて、ふるえて、前に進む勇気が出なかった。

出羽先生がおこっているたかしをなだめて、

「ほっときなさい。あの子の手だからね」

と騒《さわ》ぎとは別に平然《へいぜん》とした口調《くちょう》で、

「たかし、早くみんなのところへもどりなさい」

しょんぼりと肩を落としているたかしの肩をおした。

たかしが戻っていくと出羽先生はキョロ、キョロとあたりを見渡した。そして、何事もなかった顔で騒《さわ》いでいる方向へと歩きだした。その後ろ姿をみた茂子の心臓は早がねのように鳴りだした。

「やっぱりね」

とつぶやくと、茂子は足がふるえて二人の前に出て行けなかった自分が情けなくなった。

いちょうの木からおりてきたかなえにまさ子は、とびついて、

「よかった。よかった」

とくりかえし言うと、

「かなえちゃん、ひょうたん池で約束したじゃないの。何があってもがんばろうねって」

目に涙をためて、一生懸命《いっしょうけんめい》にかなえに力強い言葉をかけてくれるまさ子の顔を見て、

「あたいがばかだった。社会のゴミだって言われた時、かあっと頭にきたんだ」

かなえは木からおりてくると元のかなえにもどった。

「でもね。あの言葉はあたいの胸にグサリとささってんだ」

「ねぇ、かなえちゃん、嫌《いや》な言葉は忘れよう。必要があるから神様はかなえちゃんを生まれさせたんだよ」

まさ子はかなえの目をじっとみつめ、何度も何度もかなえに、力づける言葉を選んで言った。


竹田先生は出張先にかかってきた電話であわてて緑川小学校にもどった。

校門近くに散らばっている六年二組の子ども達を教室へ入れると、かなえの事件をクラス全員一人一人に問いただした。

たかしは、竹田先生と目を合わせようとしないで、さっき五年の教室の前にいた茂子の方を向いたまま、顔をあげていった。

茂子はたかしが険《けわ》しい目で見ているのを感じると、クラスの話しあいの時に、自分が疑

問に思っていることを口に出せなかった。

手をあげようとした茂子は、「勇気、勇気」と早がねみたいに鳴る心臓をおさえて発言しようとしたが、たかしが鬼のように恐《こわ》い顔で自分を見ているのに気づくと、立ち上がる勇気が出なかった。

子ども達がたかしの方を見て、

「たかし君のかなえさんに言った言葉はひどいと思います」

「そう。私もあんなひどい言葉を言われたらかなえちゃんと同じに死にたいと思います」

たかしは自分の席で、口を閉ざして、子ども達の様子をうかがっていた。

みち子が立上がって、

「みんな、かなえちゃんは少しおかしいと思わない。あんな事ぐらいで大騒《おおさわ》ぎして、死ぬなんて言うのは」

みち子の発言で六年二組の子ども達は騒《さわ》ぎだした。

六年二組の中がかなえの事件で、大きくゆれて、二つに意見がわかれたのであった。

竹田先生は、子ども達の発言が終わりになる頃に黒板の前に立った。

子ども達を落ち着かせると、

「今日、先生は出張に行って、事件の事を聞きました。びっくりしました」

悲しい目であとはしばらく言葉にならないで、竹田先生は黙ったまま全員の顔を見ているだけであった。

長い沈黙《ちんもく》の後、竹田先生は、

「この世の中に必要でない人間なんてひとりもいません。全員が必要だからこそ神様がこの世におくりだしてくださったのですよ」

と話しだした。

「かなえちゃんに社会のゴミだと言った言葉は、先生はとても悲しい事だと思います」

と言って、竹田先生は目をつむった。

六年二組の教室がさっき騒《さわ》いでいたのがウソみたいに静かになった。

子ども達は、竹田先生からあたえられた疑問のことを考えていた。

「あなた達ひとり、ひとりが社会のゴミだと言われた時にどんな気持ちになるか考えてごらんなさい」

と竹田先生は子ども達に向かって言った。

子ども達は下を向いて、口を閉《と》ざし顔をあげなかった。

竹田先生は子ども達に帰るしたくをさせて、

「今日、みなさんは色々な事を勉強したと思います。先生が言った、人間は必要があるからこの世に生まれてきたことと命について、もう一度考えてください」

「命とは尊《とうと》いものなのです。自分の命も人の命も大事にしてね」

と言って、子ども達を帰した。

「そして、たかし君、ちょっと残っていてね」

と言って竹田先生は自習の書いてある黒板の字を消した。

たかしは反抗的な態度で、自分の席にすわって歌っていた。

茂子は全員が教室から出て行った後、竹田先生に自分が見た事を話そうと思って、竹田先生の近くにきた。すると、たかしが鋭《するど》い目つきでにらんだので、あわてて茂子は教室を出た。


竹田先生は誰もいなくなった教室で、黙ったまま教室をそうじしていた。

たかしは肩をすぼめ竹田先生の側にくると、

「先生、体育委員会の仕事に明日行かんでもいいと」

と声をかけてきた。

たかしの顔の表情は時間ごとに変化した。たかしは、緑川小学校でクラブの先生や強い先生の顔色をうかがって、カメレオンみたいに自分の位置をはかって、一日のうちに何度も態度を変えていた。

「たかしはちゃあんとわかっていたのだ。この子は、学校の中で自分を守るために演《えん》じていたのだ」とわかると、竹田先生はたかしがへらへらして近づいてきた時に一瞬《いっしゅん》気がゆるんだが、きぜんとした態度で、

「たかし君、かなえちゃんに言った言葉は先生本当に悲しいと思うよ。さっきも言ったように自分の命も人の命も大切にしようよ。明日、かなえちゃんにあやまっておくのですよ」

と竹田先生はたかしの目をみつめながら言った。

たかしは口びるをぐっとかむとうろたえたようすで、竹田先生にウンとうなずいた。

たかしの素直な態度に、

「いい事か悪い事かは自分の力で考えなきゃね」

とやさしく言って、竹田先生はたかしを帰した。

誰もいなくなった教室で、竹田先生は心の底から怒《いか》りがわいてきた。

「大人の責任だ。自分もふくめて、子ども達を巻き込んでしまうなんて情けない」と窓の外に目をやった。

校庭のいちょうの木から葉っぱが落ちて、裸木となったいちょうの木だけがずらり並ん

でいるのを見て、初めて竹田先生は自然のうつりかわっているのを知った。

いちょうの木は裸木になっても力強さを感じた。


「竹田先生、だいじょうぶ」

と窓側の入口からかなえが顔をだした。

竹田先生は驚《おどろ》いて、かなえの方へ走りよった。

かなえはニッコリと笑って、次のように言った。

「天草《あまくさ》のばあちゃんが来てくれたの。ばあちゃんはあたいの父ちゃんが面倒《めんどう》をみてくれていないことを親戚《しんせき》の人に聞いて来てくれたんだ。そして、あたいが『死ぬ』って木に登ったことも学校の連絡で知って、ばあちゃんは『かなえはいい子だ。いい子だ。生命《いのち》しているか』と言いながら、あたいを抱いてくれたんだ」

「あたいにはばあちゃんがいるんだ」

と大きい声で言った。そして、

「竹田先生、学校やめんといて」

と言って、手をあげると体育館の方へ走り去った。

竹田先生はかなえがいなくなって、かなえの人間的な、人のいたみのわかる子であるところに自分がひかれていることを知った。

「かなえはしっかりと生きてきたのだ」と思った。

「竹田先生、学校やめんといて、やめんといて」と言っているかなえの声だけが竹田先生の耳に残った。

十七　生まれかわろうよ

かなえの騒《さわ》ぎのあった次の日、緑川小学校の朝の職員会議で、

「きのうは全職員の方にご迷惑《めいわく》をおかけしました。あれからクラスで話しあいをして命の大切なことなど、それから人の心を傷つける言葉などの話しあいを持ちました」

と言って、竹田先生が頭をさげた。

「いったいどういう事だったのですか。かなえをあのあとすぐに見たのですけれど、あの子はニッと笑ってケロリとしていましたよ」

と出羽先生は強い口調《くちょう》で言った。

「だいたいあんな事件の後で笑うなんて、とんでもない子よ」

と若い山谷先生はおこって立ち上がった。

「すみません。かなえは笑ったりするような子ではありません。きっとそうするしか方法

がなかったのだと思います」

と竹田先生がかなえをかばう発言をした。

「笑うなんて、あの子はいつもあんな調子だからね。だからみんなに迷惑《めいわく》ばかりかけて、とんでもないことよ」

とかなえに対する緑川小学校の職員の不満がふくれあがった。

体育の三宅先生が手をあげて立上がった。

「出羽先生、かなえが笑ったと言われますが、ぼくはかなえの気持ちは充分理解できるのですよ。これだけかなえに対しての不満を職員が持っていたら、かなえにも自分がうとまれていることは伝わりますよ」

顔をあげられず下を向いて、小さくなっていた竹田先生は、三宅先生の言葉にほっと胸をなでおろすのだった。

「出羽先生、これだけ職員みなさんからいい印象を持たれず、あらゆるレッテルをはられたら、あとは笑うしか方法はないでしょう。そういう意味での笑いだと思いますよ」

三宅先生の言葉には強い説得力《せっとくりょく》があった。出羽先生と三宅先生のやりとりで、時間がなくなるので、校長先生が「その問題は後日時間をとってやりましょう」と会議をやめさせた。

「大事な点がぽっかり抜けている。なぜ、かなえが死ぬという行為にでたかの大切な部分は論議《ろんぎ》されず、結局、かなえの行動の問題点だけが議論されただけで終わりだ」と思うと竹田先生は納得《なっとく》がいかず、暗い気持ちになった。

外は雨がふって、どんよりと曇っていた。
竹田先生は朝礼の後、窓の外をぼんやりとみた。
いちょうの木が枯れたように、葉っぱをつけず枝をむきだしにしていた。
空も暗くなって、黒い雲が一面に広がった。
突然ぐわんと無気味《ぶきみ》な音が鳴り始めると、雨が降りだした。
雷鳴《らいめい》がしだいにとどろき、教室の中が暗くなった。
突然、窓側に座っていたかなえが外に向かって、両手を広げて走り出すと、
「ばかやろう。ばかやろう」
と大きな声で叫んだ。
強い雨はしぶきをあげて、かなえの体をようしゃなく打ちつけた。
運動場の真ん中にくると、かなえは止まって、空を見あげ、両手を大きく広げて、ぐる

ぐるとまわりだした。そして、大きな声で、

「あたいは生まれかわるんだ。竹田先生も生まれかわろうよ」

と空をあおいで叫《さけ》んだ。

竹田先生もあわてて、外に飛び出した。

かなえが叫んでいる声はどしゃぶりの雨に消され、ところどころだけしか聞こえなかった。

「生まれかわろうよ」

目の前にあらわれた竹田先生に向かって、かなえは、大きな声で言った。

竹田先生はかなえの言葉に、おこることを止めて、思わず、

「かなえちゃん、生命《いのち》してるね」

とかなえの口グセが竹田先生の口をついて出た。

かなえは驚《おどろ》いた様子で、竹田先生の方を見て、かなえは「生命《いのち》しているね」の言葉がうれしくて、雨の中で思いきり泣いた。

竹田先生とかなえの二人は雨の中で、黙ったまま空をあおいだ。

「かなえちゃあーん」

飼育小屋の方から大声で走ってくるまさ子の声が聞こえた。

まさ子はかなえに近づくと、

「わたしも雨で体をあらおう」

と言って、両手を広げて、はげしく降る雨に向かって、ぐるぐると回りだした。

空は真っ暗い雲がぐんぐんおしよせていた。そして、雨ははげしく降った。

あわてて、竹田先生は二人に声をかけた。

「二人とも教室へもどろう」

「いそいで、いそいで」

だが、かなえとまさ子は雨の中を肩を抱き合ったまま、

「生まれかわろうよ。生まれかわろうよ」

と叫《さけ》んでいた。

しばらくすると、二人は、

「生命《いのち》しているな。生命《いのち》しているな」

と叫《さけ》びだした。

竹田先生は、「学校もすてたものではないわ。もう一度、本気でやり直してみよう」と
心の中で決心した。

二人を早く教室へ戻らせるために、

「生命《いのち》しているな」

と竹田先生はこぶしを上にあげて力いっぱい叫《さけ》んだ。

かなえとまさ子は「アッ」と声をあげ、ふたたび「生命《いのち》しているな」と叫《さけ》んだ。

雨が大降りになってきたので、竹田先生は二人に教室へ戻ることをつげた。

運動場から三人が走ってくる姿が六年二組の教室から見えた。

もどってくる三人の姿をじっとくいいるように見つめていたみち子は、三人の心がつながっているのを見た思いがした。そして、くやしさとうらやましさでチェッと舌打ちをすると、目を空の方向へ移した。

あとがき

平成十二年十二月三日、妹美春は五十四歳の若さで、この世を去ってしまいました。平成九年十月から胃ガンを発病し、約三年間にわたる必死の闘病生活、家族の看護、先輩友人知人の皆様方の暖かい励まし等々、切なる願いもとどかず、帰らぬ人となった妹が、何とも不憫でなりません。

顧みますと、妹の半生は闘いの連続であったかと思います。複雑な家庭事情があり（父親の連帯保証による経済事情および病気の直兄の看護と生活維持など）、勤務先での学校教育への警鐘、児童文学への傾倒、病気との闘いなどなど枚挙にいとまがありません。

道半ばにして病魔に冒され、人一倍生の尊厳を知っていた妹は、さぞかし無念であっただろうと、その心中は察するに余りあるものがあります。

今にして思えば、妹は色々な困難と真正面から向き合って、真剣に闘い「生命《いのち》していた」のだと思うと、遺族一同慙愧《ざんき》に耐えない次第です。

もっと力になり、救いの手をさしのべてやればよかったと悔まれてなりません。

幸い妹には、師と仰ぐ方々や何でも相談でき、お互いに慰め励まし合えるたくさんの先輩友人知人に恵まれていたことがせめてもの救いであったと思い、その方々への感謝の気持で一杯です。妹が師事していた児童文学作家の岩崎京子先生を始めたくさんの先輩、友人知人の皆様に育まれながら、その半生を送れたことは、大きな幸せを戴いたと心から思っております。

この紙面をかりて、皆様方に遺族一同心から感謝申し上げる次第でございます。

山下瑞江様を始め五十数名の方々により、心暖まる追悼集「野の花」を作成していただき、初盆に妹の霊前にお供え下さった時には、遺族一同感激のあまり、ただただ涙を流した様な次第で、お一人お一人に感謝の気持で一杯です。

妹は児童文学への道を志し、先生方のご指導を得て、曲りなりに第一作『おれ、捨てられたんだね』を出版しておりました。その後も仕事の傍ら創作活動を続けておりましたが、家庭の事情や仕事の関係で思うにまかせず、仕事をやめて創作活動に専念するかどうか悩んでいましたが、生活維持のこともあり、止むなく現状維持の状態を続けておりました。その後ガンに冒され、一時中断せざるを得ない状態になっておりました。

妹の遺品を整理している時に、たくさんの書きかけの原稿が出てきました。その中に、この「生命《いのち》しているか」という創作途上の原稿もありました。これは妹が文字通り、その身を削りながら書き綴ったものであり、このまま埋もれさすには遺族としては忍びないものがあります。

短い人生ながら精一杯生きた証として、形にして残してやるのが、せめてもの故人に対する供養と思って、岩崎先生や、大関育代様を始め児童文学グループの皆様にご相談申し上げました。

岩崎先生は、既に妹が「生命しているか」を創作していたことはご承知で、この原稿について気にかけておられたとのことで、快くご承諾下さり、是非出版させたいという強いご支援を得ました。

又グループの皆様も、是非出版して世に問うことも意義があるとのご声援を得ました。

岩崎先生が、全国で妹と交流ある方々に呼びかけて「本を出版する会」を結成の上、何度も何度も打合せ、検討を行って頂き出版の運びとなりました。

そして、追悼集にも文章をいただいていた長谷川集平先生に絵を描いていただけることとなり、望外の気持ちでいっぱいです。

最終打合せ会は、平成十三年十二月二十一日、福岡市の日航ホテルで行われました。

何分にも推敲途上の原稿で不十分な点が多々ありますが、そのままの方が故人の意図することが、表れて良いでしょうとの皆様のご意見により、できるだけ原文に近い状態で出版することになりました。

またのその打合せ会の席で、所属研究会の一つである飯田栄彦勉強会の主宰者である児童文学作家の飯田先生がおっしゃって下さった、「この原稿は書きかけであり、まだまだ未熟な面があり、未完であるが中にはキラリと光る部分があり、故人が生存して推敲を重ねれば、それなりの作品ができ上ると思うが残念だ」というお言葉には、意を強くしたような次第です。

この本が、今問題になっている「いじめ」構造の解明とその解消に少しでも役立てば、本望ですし、故人もさぞ喜んでくれることと思いつつ敢えて拙い筆をとらせていただきました。どうか、その点をお含みの上お読みいただき、故人が問いかけている、人の心の弱さ、怖さ、子供への大人社会の影響、結果主義の社会風潮などに対する警鐘の声が僅かでも読者の方々にとどけば幸甚に存じます。

最後に、出版に際し、ご尽力賜りました関係各位全ての方々に、重ねて心より厚くお礼を申し上げます。

遺族一同

伊規須美春（いぎす　みはる）

昭和21年４月３日、福岡県宗像郡河東村に生まれる。短大卒業後、保育園保母を経て図書司書となる。以来赤間小学校を始めとして19年間小学校に勤務。その後宗像中央公民館、宗像ユリックス図書館勤務。勤務のかたわら、教育をテーマとした作品や女性のルポを執筆し、昭和59年には『おれ、捨てられたんだね』（葦書房）を上梓。平成12年12月３日永眠。享年54歳。

生命《いのち》しているか

二〇〇二年五月五日初版発行

著者　伊規須　美　春
発行者　福　元　満　治
発行所　石　風　社
福岡市中央区渡辺通二丁目三番二四号
電話　〇九二（七一四）四八三八
ファックス　〇九二（七二五）三四四〇
印刷　九州電算株式会社
製本　篠原製本株式会社
©Igisu Tetsuya Printed in Japan, 2002
落丁・乱丁本はおとりかえいたします

＊表示価格は本体価格（税別）です。定価は本体価格＋税です。

作・大塚菜々　絵・いのうえしんぢ
ゴールキーパー
【読み物】ぼくは六年生。真面目がとりえで、サッカーに夢中のみんなにはついていけない。だけど最近、何かが少しずつ変わってきたんだ。ぼくはもう、孤独なゴールキーパーじゃない！
A5判　一五〇〇円

長野ヒデ子
ふしぎとうれしい
「生きのいいタイがはねている　そんなふうな本なのよ」（長新太氏）絵本日本賞作家・長野ヒデ子初のエッセイ集。使いこんだ布のようにやわらかな言葉で、絵本について、友について、いきいきと紡ぐ
四六判　一五〇〇円

作・前田美代子　絵・いのうえしんぢ
ドラキュラ屋敷　さぶろっく
【読み物】へっぴり腰の少年達が、ドラキュラ屋敷で見たものは？戦後間もない九州の片田舎、戦争の影をそれぞれにひきずる少年少女が、未来に向けて歩み出す。友情、好奇心、そして恐怖……さまざまな体験を通し、成長していく子供たちの日々
A5判　一五〇〇円

作・倉掛晴美　絵・いのうえしんぢ
海の子の夢をのせて　ありがとう、「れいんぼう・らぶ」
【読み物】「ぼくたちの、夢がかなった！」沖をゆく白い船を見た日から、物語は始まった。実話をもとに、島根県の海辺の全校生徒十九人の小学校の生徒と沖を走るフェリーとの心温まる交流を描く児童記録文学。映画「白い船」はこの夏公開
A5判　一三〇〇円

文・内田麟太郎　絵・伊藤秀男
わらうだいじゃやま
【絵本】「よいさ　よいやさ　じゃじゃんこ　じゃん！」ナンセンス絵本の最前線を走る名コンビが、福岡は大牟田の夏祭「大蛇山」を描いた！　町の復興を願う市民の協賛によってなったユニーク絵本
A4判　一五〇〇円

文・常星児　絵・久冨正美　訳・水上平吉
雪原のうさぎ
【絵本】「ああ、ついにあらわれた　あの二ひきのうさぎだ　とんだりはねたり、ぼくのわなにちかづいてくる　いけない、きちゃいけないよ」ひとりの少年が、貧しさの中で、迷いつつ歩み出す。中国の現代民話
A4判　一五〇〇円

＊読者の皆様へ　小社出版物が店頭にない場合には「**地方小出版流通センター扱**」か「**日販扱**」とご指定の上最寄りの書店にご注文下さい。なお、お急ぎの場合は直接小社宛にご注文下されば、代金後払いにてご送本致します（送料は一律二五〇円。定価総額五〇〇〇円以上は不要）